集英社オレンジ文庫

法律は嘘とお金の味方です。3

京都御所南、吾妻法律事務所の法廷日誌

永瀬さらさ

本書は書き下ろしです。

もくじ

【登場人物紹介】

吾妻《あがつま》つぐみ

高校二年生。嘘をついている人の顔がゆがんで見える特殊な能力を持っている。

汐見草司《しおみそうじ》

つぐみの幼馴染み。司法試験にストレートで合格したエリート検察官。

吾妻正義《あがつままさよし》

つぐみの祖父。お金に汚く、剛胆な敏腕弁護士。幼い草司の後見人だった。

芦辺《あしべ》ケイ

自称・草司の親友でハーフの弁護士。正義に入れ込んでいる。

墨田大介《すみだだいすけ》

正義の同期の弁護士の孫。吾妻法律事務所でアルバイトをしている大学生。

第一話

偽装結婚はお手軽犯罪

期末試験は憂鬱《ゆううつ》でも、短縮授業は嬉《うれ》しいというのが普通の学生の感覚だろう。そして試験勉強しなくてはならないとわかっていても、できるだけ勉強机につくのを回避すべく、掃除など家事にいそしんでしまうものだ。

吾妻《あがつま》つぐみも、そんなどこにでもいる高校生のひとりである。

普段の学校帰りでは売り切れてしまうセール品を柴犬柄のエコバッグいっぱいに詰め、つぐみは京都御所南《ごしょみなみ》の歩道を鼻歌まじりに歩いていた。

安かったので、豚《ぶた》肉のブロックを考えなしにたんまり買いこんでしまった。さて、何に使おうか。

(何を作ったらええかな……そうや、角煮とか！)

帰ったら早速仕込んで、圧力鍋で煮ておこう。半熟卵もあとから一緒にして、味をしみこませてもいいかもしれない。

不意に強く吹いた風はさわやかだ。もうそろそろマフラーは朝晩だけでいい季節だなと気づいて、首からほどく。陽当《ひ》たりのいい道を歩いたせいで少し汗ばんでいたらしい。思いがけずすっきりとした空気を感じ、周囲を見渡して、おやとまたたいた。

ちょうど自宅に向かうための曲がり角に、新しい建物が見える。

(そういえばずっと工事してたな、お向かいさん)

最近まで建設シートをかぶっていたが、ついに看板を含めた外装まで完成したらしく、壁にそって開所祝いの花が飾られていた。建物の形や高さからして家ではないだろうと思っていたが、当たりだったようだ。きちっとした制服を着た若い女性達が、ビラを配っている。

御所南は閑静《かんせい》な住宅街でもあるので、こういった光景は珍しい。

（条例とかで禁止されてへんのかな。それとも届け出ればできるやつ？）

出入り口付近の壁はすべて硝子《ガラス》張りで壁の色はグレーという、モダンな造りをしていた。そうでなくても御所南は古い建物が多いので、洒落《しゃれ》た建物はそれだけで目立つ。中には受付カウンターと待合室らしきものも見えた。そこにもたくさんの花が飾ってある。

歯医者か美容院かとあたりをつけつつ横目で眺めていたつぐみは、自動扉の上にあるマークに足を止めた。

天秤《てんびん》のマークだ。弁護士バッジの中央にあるもの――すなわち法律事務所でよく使われがちなものである。

「明日から開所します。こちらどうぞ、クーポンもついてますので」

さっとビラ配りの女性にチラシを差し出されるまま、受け取ってしまった。

一歩引くと、看板が見えた。――『弁護士法人 One for all, All for one』。かっこいい横文字がとても強そうである。

（え、待って。つまりここ、新しい法律事務所……⁉）

チラシにも同じ法律事務所名が書いてある。続いて並ぶ大きな宣伝文句には『ただ今ご新規様のみ法律相談三十分（税抜き五千円）無料クーポン配布中』とあった。

つぐみは振り返って自宅兼祖父の経営する法律事務所を見る。

数寄屋《すきや》門にかかげられた、年季の入った木製の看板。達筆な字で書かれたその法律事務所の名前は、吾妻法律事務所――古くささを誇示するような汚れと文字のかすれが、今日に限ってやけに目につく。

ざあっとつぐみの顔から血の気が引く。

チラシをエコバッグにつっこんで、駆け出した。

新しい法律事務所の周囲は、華やかな雰囲気やクーポンに釣られたのか、なんだかんだとひとが集まり始めている。


「おじいちゃん、聞いてるん⁉　向かいに新しい法律事務所ができたんやって！」

「聞いとるわ、帰ってきたとたんにぎゃあぎゃあと、やかましい孫やな」

「場所が道路挟んでうちの向かい！　ほぼうちの真っ正面やで⁉」

豚肉や白菜が入ったエコバッグを事務机に放り投げて迫るつぐみに、正義《まさよし》は面倒そうに嘆息する。

「あんなあ、この界隈《かいわい》にどんだけ法律事務所があると思ってるんや。中が全部、法律事務所っちゅうビルもあるんやで。やのにちょっと近くにでけたくらいでぎゃあぎゃあと」

「そうやけど、なんかあれは強そうやて！　たぶん事務員さんやと思うけど、みんな制服着て綺麗《きれい》にして、クーポン配ってたんやで、クーポン！」

少ししわのついたフルカラーのチラシを見せる。通話無料の電話番号、サイトのＵＲＬはもちろん、ＳＮＳのアカウントまで明記されているそのチラシは、つぐみをおののかせるのに十分だった。この祖父ときたら今のこのご時世に、パソコンすらまともに動かせないのだ。

裏には目に優しいグリーンの一色刷で在籍弁護士の名前と顔写真が並んでいる。在籍弁護士十名、事務局二十名。平均年齢三十歳、若い力で古都に法治革命を、などと宣伝されるとなんだか圧倒される。

「そうゆうてもなあ……」

つぐみからチラシを受け取った正義は斜め見したあと、丸めてぽいっとゴミ箱に捨ててしまった。

「そんなことゆうて！　お客さん取られたらどうすんの⁉」

弁護士十名、事務局二十名に対して、こちらはパソコンもあやうい年老いた弁護士が一名、事務局は学生バイトがつぐみを含め二名、合計三名だ。

勝てる要素が見つからない。

昨今の不景気は弁護士業界も他人事《ひとごと》ではない。弁護士自体の人数が増えたこともあり、かつての豊かさは夢物語だ。それなのにこの祖父ときたら、未《いま》だに客も選ぶし仕事も選ぶ。昔気質《かたぎ》といえば聞こえはいいが、それではつぐみが司法試験に合格してこの事務所を継ぐまでもたない。

ばんと両手で祖父の執務机を叩いた。

「こうなったら、ちゃんとした仕事してもらうで、おじいちゃん」

「ちゃんと稼いどるやろ。今年に入ってからでも、六百万は売り上げてるで」

「それほとんど先月の天井新斗《あまいにいと》さんの報酬《ほうしゅう》や。事件、一件きりやで。他は経費やなんやでトントン。しかも天井さんの事件かて、うちの人脈やのうて、紹介やからな」

「紹介も人脈やろが。うるさいなあ、またそのうちぱーっと一千万くらい入る事件やればええだけやろ」

「あほらし」

「そんな事件そうそうあるわけないやろ！　博打《ばくち》な経営いつまでもしてられへん！　定期収入あげな！」

正義の執務机ごしに迫るつぐみに、正義が椅子《いす》に座ったままうしろにさがる。

「法テラス案件でもやれゆうんかいな。冗談やない」

「ならせめて法律相談を真面目にやって！　すぐめんどくさいとか金にならへんとか言わんと、ちゃんとお客さんの話だけでも聞く！　おじいちゃんが話聞くだけで、一時間税抜きで一万円やで⁉　一日三回やったら三万円、一週間続ければ十五万！」

「そんなちまちました金稼いでどうするんや」

「じゃあ聞くけど、一気に百万も二百万も報酬入るような事件のアテがあるん⁉」

つぐみの望みが天に届いたのか、電話が鳴りだした。

携帯番号だけで、電話のモニターに名前は表示されていない。ということは顧問先ではない、知り合いでもない、新規の客の可能性がある。

「新規の法律相談やったら、絶対断らんでよ」

じろりとにらむと、正義は頷《うなず》かなかったが、渋い顔で反論もしなかった。

なんだかんだ、正義は孫に強く出られると弱いのである。

紹介でもない、新しいお客さんが法律相談にくる。吾妻事務所では珍しいその経緯を聞いた事務員アルバイトの墨田大介《すみだだいすけ》には、まず苦笑いされた。

「そういうことか。不倫の慰謝料請求されてる側とか、吾妻先生そういうん即答で断るのに相談入れた言われて、なにごとかと思ったわ。なんやかんや、吾妻先生も孫に弱いんやな。っていうか孫が強いんか。うちもそういうとこあるし」

「墨田先生となんかあったん?」

大介は、正義の同期である墨田雄大《ゆうだい》弁護士の孫だ。父親も弁護士で、一家で墨田法律事務所を経営している。法曹《ほうそう》一家で育ったにもかかわらず大介は弁護士にならないと公言していたが、紆余曲折《うよきよくせつ》のすえ、司法試験受験に向けて勉強することになった。

本人にその気があるかどうかはともかく、司法試験に合格して弁護士になれば、大介は墨田法律事務所の三代目ということになる。

「法律の本ってたっかいやろ。やからて、事務所の本をずっと借りるわけにも線引くわけにもいかんし、じいちゃんの書斎にある古い版の本持ち出して読んでたんやけど、こないだいきなりじいちゃんが金くれて……ちゃんと新しい本買えって。自分のは線とか引いてあって邪魔やろ言われて……」

「確かに法律の本て、一冊三千円とかが安いほうやもんな……いくらもろたん」

「……十万。お前が勉強するならいくらでも出したるて……」

それは甘すぎではないか。だが大きなプレッシャーでもあるのだろう。大介の表情は喜びより疲れが濃い。

「助かるんやけどな。模試代も高いし。予備校はいかへんつもりやけど……」

「そうなん？　受験生仲間がおらへんて、不安になったりせん？」

「大学構内さがせば、なんやかんやいるからな」

なるほど、とつぐみは納得した。大介は京都でも最難関の大学にかよっている。

「相談者、もうそろそろくる頃やんな。先生呼んでくる」

紹介でもなく高い報酬の見込みもない法律相談などやりたくないというせめてもの反抗なのか、今日の正義は二階の自宅部分に引っこんでいるようだ。そんな弁護士の困った態度にもすっかり慣れてきた大介に正義を引っ張ってくるのはまかせて、つぐみは相談室の最終確認をする。

数分とたたないうちに、インターホンが鳴った。

「はい、どちら様でしょうか」

『法律相談を予約しておりました、大賀《たいが》といいます』

インターホン越しに聞こえてきたのは、はきはきと聞き取りやすい挨拶《あいさつ》と声だ。

出迎えると、ぴりっときまったグレーのスーツ姿の女性が現れた。いかにもできるキャリアウーマンといった風体で、化粧も濃いめの口紅が似合っている。

予約時間からきっちり五分前の訪問、つまらないものですがというお約束のひとことと手土産《みやげ》つき。相談室に案内しようとすると、どこからどう見てもアルバイトのつぐみに名刺を差し出して、挨拶をしてくれた。

「大賀亜美《あみ》と申します」

名刺に書かれた勤め先も、京都では有名な会社だ。

(当たりのお客さんかもしれん！)

そう思ったのだが、そのうしろから現れた男性の姿に、つぐみはつい眉をひそめた。しかし事務員が誰何《すいか》するわけにはいかず、相談室に通して少々お待ちくださいときびすを返す。入れ替わりに、藍《あい》色の着物姿で正義が相談室に入っていった。

手際よくお茶を出して相談室から戻ってきた大介が、困惑してつぐみに尋《たず》ねる。

「……不倫で慰謝料請求されてるんやんな？」

「そう電話では聞いたけど……」

記入済みの法律相談用紙を預かったつぐみも、亜美のあとについてきた男性が誰かわからない。

黒縁の眼鏡をかけた男性だった。落ち着いたカーキのウールニットに白のTシャツという格好が、スーツを着ている亜美と対照的だ。少し猫背なせいで、ピンヒールを履《は》いた亜美よりも身長が低く見えた。年齢は亜美と同世代に見えるので、父親ではないだろう。となると、いちばんの可能性は――。

「不倫相手かな……」

大介のつぶやきに、つぐみは内心で同意した。

不倫した男女のほうが団結している――こういうパターンは、決して珍しくない。だがあの風体、男性のほうは働いていない気がした。

（や、やっぱり紹介でもない新しいお客さんて、あぶなかったかな……!?）

内心はらはらしてしまうが、弁護士を長くやっている正義は、あっさりとしたものだった。

「不倫で慰謝料請求されてるて話やったけど。そいつがまさか不倫相手か」

「違います。私の婚約者の、都築良夫《つづきよしお》といいます」

おやとつぐみは思ったが、正義は違った。

「今見せてもろたこの内容証明郵便によると、旦那《だんな》の不倫相手であるあんた、大賀亜美を訴えるぞてゆうてるのは、都築津磨子《つまこ》さん。間違いないか」

「……ありません」

「この都築津磨子の旦那の名前は、都築良夫。これも間違いないか」

「……」

「やっぱり不倫相手やないか」

「違います！　勝手にその女が婚姻届を出してしまったんです！」

亜美の大声に、つぐみは大介と顔を見合わせてしまう。

亜美、とやわらかい声で制したのが、先ほど見た男性——都築良夫だろう。それで少し落ち着いたのか、亜美は呼吸をし直して、きびきびとしゃべり始めた。

「私と都築は学生時代からのつきあいです。サークルの先輩と後輩で、私が就職してからは結婚を見据えてつきあいを続けてきました」

「あんたのほうが年上か。いくつか聞いても？」

「私は今年、三十三です。都築は三十一になったところです」

「つきあいは十年くらいか。結婚するて決めてて、ずるずるきてしもたなあ」

不躾《ぶしつけ》な正義の言い方をとがめるように、こほんと亜美が咳《せき》払いをした。

「就職して数年、私のほうも仕事が忙しかったこともあります。それに……都築は司法試験合格を目指してるんです。一昨年《おととし》、ロースクールを卒業したばかりで、合格するまでは不安定で結婚できないということで、そうなってしまっただけです」

　つぐみとそろって聞き耳を立てていた大介が、突然、事務机に突っ伏した。

　驚いて小声でつぐみは話しかける。

「ど、どうしたん」

「あかん、司法試験浪人の話、今の俺にはえぐい……！」

「ま、まだ一回も受験してへんのにそんな……」

　なだめようとしつつも、つぐみも頰《ほお》を引きつらせてしまう。

　司法試験浪人。受かれば天国だが、落ち続ければ取り戻しがきかず、ただ年齢を重ねていって何者にもなれない――笑い話ではなく、法曹界では昔から問題になっていた。

　だからこそ旧司法試験時代には、受験回数三回以内の受験生に論文試験合格の特別措置があった。新司法試験に制度が移行してからも、ロースクール卒業生には五年以内という司法試験への受験回数の制限がかかっている。それもこれも、司法試験浪人生を増やさないための措置だと言われている。

「それで、結婚でけへんかったてことか。司法試験は受かる能力のないやつは目指さんほうが幸せやからなあ」

「まだチャンスは二回あります。都築は受かると、私は信じています」

「ほうか。となると、この内容証明はなんや。ああ、先にコピーとらしてもらうで」

おい、と衝立《ついたて》ごしに呼びかけられる。緩慢に大介が立ちあがろうとしたが、なんだか気の毒になって、つぐみがかわりに立った。

正義から亜美宛《あて》になっている内容証明郵便を相談室で受け取り、そのまま戻ってコピー機のトレイに差しこむ。宛先を含めて三枚になっているそれは、弁護士の名前も印字された電子内容証明郵便だった。ざっと見る限り、不倫の慰謝料請求をする際のお決まりの文章だ。

慰謝料を振り込まなければ法的措置をとる、という締めくくりまで定型文《テンプレ》である。

（勝手に婚姻届出されたゆうてもな……このパターンは基本、払う慰謝料を減額するのが弁護士の仕事やけど……）

請求額は二百万。不倫の慰謝料は婚姻継続年数や不倫年数、諸々《もろもろ》の事情を勘案《かんあん》して判断されるが、相場としては少々高めの設定である。亜美の勤務先から年収を想定して請求しているのかもしれない。

「この津磨子という女性は、良夫がよく試験勉強で使っているネットカフェの店員だそうです。おそらく良夫の住所や個人情報を、会員登録の際に使った免許証から手に入れたんだと思います。それで婚姻届を作って出したのではないかと私は考えています」

「つまり、顔見知りではあるわけやろ。ほんまになんも関係ない相手なんか？　子どもとかいたりせえへんやろな？」

正義の質問に答えたのは良夫ではなく、憤《いきどお》った亜美だった。

「それだけです！　失礼なことを言わないでください」

「失礼なこと、ゆわれてもな。普通、まったくの赤の他人と婚姻届を出そうなんて思わんもんやで」

「勝手に婚姻届出すような女性の思考回路なんて理解できるわけがありません。考えるだけ無駄だと私は思います」

極端だが一理あると思ったようで、正義が黙る。

「私は良夫のマンションの鍵も預かっているので頻繁《ひんぱん》に出入りしてますが、女性の影なんて見たこともありません。良夫もカフェで二度三度話したことはあるけれど、それだけだと言っています。大体、私が不倫なんてものに甘んじる駄目な女に見えますか!?」

まなじりをつりあげる亜美の気迫に気圧《けお》されながら、つぐみは相談室に入り、そうっと原本とコピーを机の上に置いた。

（な、なんかさっきから、我の強そうなひとやな……）

正義の問いに本来答えるべきは、当事者である良夫のほうだ。だが、ちらと横目で見た良夫は、苦笑いを浮かべたまま黙っている。こういった亜美の態度に慣れているようだった。亜美の言い分に否《いな》を唱える気もないらしい。

「ちなみに良夫さんの住民票は今、どうなっとるんや。その津磨子って女と一緒に住んでることになっとるんか？」

「え？　それは……」

戸惑った亜美が、そこで初めて良夫を見た。良夫も眉をよせる。

「調べてません。郵便物でおかしいと思ったことや困ったこともなかったので」

「じゃあ、確認で住民票とらしてもらうで。戸籍も念のために。ここにあんたの住所書いてもらえるか。本籍もわかるなら書いてくれ。わからへんなら、住所からたどる」

正義に目配せされたつぐみは頷き、良夫にメモ用紙とボールペンを渡す。良夫は何か言いたげにしていたが、結局、黙って住所を書き始めた。

手持ち無沙汰《ぶさた》なのか、お茶を飲んだ亜美が、また口を開く。

「住民票はどうであれ、一緒に住んでいないことは確かです。私自身がその証人です。それよりも、どうして婚姻届が受理されてしまったのかが不思議なんです。津磨子という女性の勤め先にも責任があるのではないですか？」

「そっちも巻きこむゆうなら考えるけど、大した金がとれるとは思わんな。婚姻届なんて誰にでも作れる。勝手に良夫さんの名前書いて判押せばええだけや」

「でも、本人確認はあるんでしょう?　結婚ですよ」

「本人確認はないようなもんや。そもそも提出は窓口やのうて郵送でもええ。窓口での代理人提出も認められとる。でないと結婚式当日を入籍日にしたいとか、そういう夢のあることもできひんからな」

「……日本は婚姻届を出しやすくしているとは聞いてはいましたが、本当にいい加減なんですね。呆《あき》れました。人生の一大事をなんだと思っているのか……」

「何が人生の一大事や。結婚なんて、子どもっちゅう未来の納税者確保のための税制優遇制度やろが。所詮《しょせん》は金の問題や」

身も蓋《ふた》もない正義の評価に、亜美が眉根をよせる。亜美の気持ちもわかるぶん、つぐみはなんだか申し訳なくなってきた。

だがまったく正義は悪びれず、顎《あご》をなでてひとりごちる。

「しかし勝手に出されたとなると、婚姻は無効やな。まずは婚姻無効を訴えて裁判する方向で考えるか」

「えっ!?」

驚いて住所を書く手を止めた良夫に、正義が呆れ顔を返す。

「何を驚いとるんや。司法試験目指してるんやったら、わかるやろ。民法七百四十二条、婚姻をする意思がないとき」

机の上にあった携帯用の六法を軽くめくった正義が、条文を読み上げる。ああと、良夫がどこか他人事のように笑った。

「あ……ああ、はい、そうでしたね。いざ自分が当事者になると、ちょっと頭が働かないっていうか……でも、裁判には証拠がないとだめですよね」

まるで訴訟で勝つのは無理だろうと言いたげだ。というか、始めから争う気がないようにも見える。

つぐみが気づく程度の違和感を正義が見逃すわけがなく、素っ気なくつっこんだ。

「なんや、知らん間に知らん女と勝手に結婚させられて、それでええんか」

「……知らない間に結婚なんて、そりゃ僕だって困ってますよ」

住所を書き終えたメモに目を落とす良夫の鼻が、突然ぐにゃりと伸びる。

(――嘘《うそ》を、ついてる)

つぐみの目は嘘を見抜く。嘘をついた人間の顔がゆがんで見えるのだ。本人に自覚がなければゆがむことはないし、裁判で証拠に使ったりもできないが、幾度となくこれで祖父を助けてきた――と、思う。

おそらく『知らない間』か『困ってる』かのどちらかが嘘だ。

正義に伝えられないか考えたが、どちらにもいい顔をしている二股男のよくある嘘でしかない気もした。うさんくさそうに鼻を鳴らした正義は、つぐみが何も言わなくても、その可能性を視野に入れているだろう。

「やったらもうちょっとしゃきっとせえ。あんたのほうにもいってるんやろ、慰謝料請求」

「いえ、僕のほうには、何もないので……」

「何もってことはないでしょう。良夫は離婚できないよう、離婚の不受理届を出されてるんです。いいんですか、こういうの」

また目つきがきつくなった亜美に、正義は顎をなでて頷き返す。

「財産分与するまで逃がさへん、離婚届に判をついてほしければっちゅう、ようある交渉のやり方や。弁護士ついてるんやったら当然の対処やな。あるいは、相手に離婚する気が今のところないんかもしれん」

「……納得いきません。何もかも」

いらだちを隠さない亜美の横から、良夫が住所を書いたメモを正義に差し出した。正義はそれをざっと見て、待っていたつぐみに渡す。

「……でも、僕は亜美と結婚するつもりなんです」

メモを持って相談室を出ようとしていたつぐみは、良夫の顔がゆがまないことに、見間違いかとまばたいた。

「そのために今年こそ、司法試験に受かりたいんです」

やはり、先ほどのようにゆがまない。亜美と結婚する、というのは本気らしい。

（……なんか事情があって津磨子さんと結婚したけど、本心では亜美さんと結婚したいてことなんかな？　なら困ってるゆうんは、ほんまかもしれん）

どちらにせよ都合のよすぎる話だ。良夫はそのまま続けた。

「本試験まであと、二カ月くらいしかない。一刻も早く試験勉強に集中したいんです。だから時間がかかる訴訟ではなく、和解ですませたいと考えています。正直、これまで実害もありませんでした。なので、僕は、別れてさえもらえば文句はありません。今はこんなことに取られる時間が惜しいんです」

「待って！　私は断固戦うわ。こんな馬鹿《ばか》な話がとおっていいはずがないでしょう」

「でも、君だって仕事で忙しい。君が不倫をしてないというには、婚姻無効をまず相手に認めさせるところから始まる。とにかく時間がかかるんだ。君だって、今は昇進のかかった大事な仕事があるって言ってたじゃないか」

亜美は黙ったが、不満がありありと顔に出ていた。だが良夫のほうは落ち着いた声で正義に提案する。

「最悪、亜美への請求は僕が肩代わりしてもかまわないと思ってます」

不倫相手に請求した慰謝料を、夫あるいは妻が払ってしまう——相手が高収入だったり実家が裕福な場合、よくみる解決法だ。

現況を聞く限り、良夫は働いていないだろう。だが逆に言うならば、この年齢まで働かなくてもやってこれたということでもある。おそらく実家が裕福か、なんらかの形で金を持っているのだ。

だが、正義は鼻白んだ。

「だったら儂《わし》の出番がないやないか。内容証明郵便どおりに金を振り込んでしまいや」

「いえ、先ほど亜美も言っていたように、離婚の不受理届を出されているんです。亜美宛の内容証明郵便は僕も読みましたが、僕が離婚できないのは困ります」

「そこを交渉せえってか。なるほどな……話はわかった」

正義はいったん湯飲みから茶をすする。なんとなく後ろ髪を引かれながら、つぐみは相談室を出た。

別の作業をしていた大介が、椅子に座るなり小声で話しかけてくる。

「引き受けるんかな、先生」

「たぶん……あ、これ良夫さんの住所。住民票と戸籍とるの、お願い」

「その前にひとつはっきりさせとくけどな。この交渉、儂に頼むんやったら、着手金も報酬も二人分、とるで」

メモを大介に渡したところで、衝立の向こうから正義の声が響いた。

「なんかごっちゃになっとるけど、慰謝料請求されてんのは亜美さん、あんたや。離婚するならその当事者は都築良夫さん、あんたや。金に色はないから、慰謝料やら着手金の金をどっちが払うかなんてことはどうでもええけど、そもそも依頼の内容が違う」

正義の言っていることはもっともだが、つぐみは呆れてしまった。

(確かに依頼者はふたりやけど、交渉はひとつやんか)

今回の依頼者達の希望は、良夫の離婚だけだ。慰謝料を言い値で払うなら金額の交渉をせずにすむので、依頼は離婚の成立のみ、ひとつと数えることもできる。なのにそこを譲らないとは、祖父らしいというかなんというか。

「でも、私に請求した慰謝料を払うから良夫と離婚しろと交渉するのでしょう? 依頼の内容が違うと言われても、釈然としないんですが……」

つぐみと同じことに、亜美も気づいたようだった。だが、正義は素っ気ない。

「やったら、他の弁護士に頼むんやな」

「亜美。僕は、ふたりで共同でお願いできたらそれがいちばんいいと思う。お互いの弁護士の間に齟齬《そご》がおきると大変だし、時間も手間もどちらかひとりが対処すれば節約できる」

「それはそうだけど、なんだか……ふたりでも、ひとつの問題でしょ？」

「亜美さん。間違ったらあかん。ふたりでふたつの問題、あんたらは別々の人間や」

祖父のきっぱりした声に、亜美が押し黙った。亜美をなだめるように、良夫が言う。

「もとはといえば、僕がぼうっとして気づきもしなかったのが悪い。今回のことは勉強代だと思ってる。料金が気になるなら、君の分も僕がもつから」

「……いえ。私の分は私が払うわ」

「いいから。僕がお支払いしますので、よろしくお願いします」

「ええ心構えや」

金さえ積めばなんでもする、悪徳弁護士と名高い祖父らしい返答だ。

衝立の向こうでにやけているのだろうその顔を想像して、つぐみは嘆息した。

大介が吾妻法律事務所にアルバイトに入るのは、週三日。その三日、事務所を閉めてから一時間だけ、つぐみは大介に勉強を見てもらうことになっている。

勉強場所は事務所の相談室だ。詰めれば最大八人座れる椅子とテーブルは広々としていて、お茶やお菓子、筆記具にノート、教科書、参考書まで広げて向かい合っても余裕がある。

「こことここ。あとここも間違ってるな」

「あー……やっぱりそっちなんや……うう、迷ったんやけど」

「でも点はあがってきてるやん」

大介と一緒に問題集を自己採点していたつぐみは、ぱっと顔を輝かせる。

「やっぱり!? そんな気はしててん! っていうか大介さんの山カンすごいわ。ちょっとしたテストでも勉強しろ言われたとこ、ほとんどそのまんま出るもん」

「山カンゆうか、試験範囲は決まっとるしな。相当ひねくれた先生やないなら、大体出る問題は予想つくもんやろ。つめこめば点はとれる」

さすが、京都で最難関の大学にあっさり入学した現役大学生は、言うことが違う。

(何がわからへんのかわからんゆう、草《そう》ちゃんよりはええけどな!)

同じく優秀な年上の幼馴染《おさなな じ》みを思い浮かべながらぎりぎりしていると、模試の結果にも目をとおした大介が、テーブルで頰杖をついた。

「法学部志望やんな。今の段階で手堅い志望校はここらへんやけど……でも、エスカレーター式やろ？　そのまま大学いっても、悪くないと思うけど」

「それで司法試験受かる？」

「それは俺が聞きたいわ。ああでも、よっぽど地頭のええ奴やない限り、受験戦争を経験してへん奴は競争相手として怖くはないなぁ。メンタルが違う気がする」

「メンタル……」

「受験って、自分より下なんか関係ないやろ。自分より上がどれだけいるか、どこまで自分が上にあがれるかの勝負やん。ずっと上を見てなあかんから、キツさが違う」

ハングリー精神みたいなものだろうか。両手の上に顎をのせて、つぐみは尋ねる。

「おじいちゃんみたいに、ひとつの依頼で二人分着手金取るようなメンタル？」

今日、通帳を確認したら、タイガアミとツヅキヨシオという名前が並んで、それぞれの着手金と実費預り金が入金されていた。お金の出所がどこかはともかく、正義はひとつの交渉で二人分の着手金を得たのだ。

事務員である大介は、つぐみの言いたいことがわかるだろう。

「でも先生のあれは、ハイリスクハイリターンやで」

思わぬ大介の評価につぐみはまばたいた。

「……ローリスクハイリターンやなくて？」

「ハイリスクやろ。うちの事務所やったら、どっちかひとりからの依頼しか受けへんかもしれん」

どちらかひとり――つまり、正義と同じように亜美と良夫それぞれ別の問題としてとらえ、ふたりを同じ立場の依頼者とはみなさない、ということだ。

「刑事専門やから、民事事件の受任に慎重なだけやけどな」

「え、なんで？　そんなに慎重になるとこ？」

「どっちかが裏切ったら、ものすごい面倒やろ。たとえば途中で亜美さんが、自分は相手が既婚者なんて知らなかった、婚約するなんて言ってだまされたって、良夫さんに損害賠《ばい》償《しょう》請求するパターンもあるやん」

そうしたら亜美と良夫が対立するのに、弁護士が敵の味方という構図になってしまう。

つぐみは大介の視点に素直に感心した。

「そうかぁ……浮気相手と配偶者に慰謝料請求したら、相手は弁護士さんひとりで、浮気相手と配偶者の二人分受任してるなんて珍しくないから、つい」

「完全に奥さんが敵に回ってるなら仲間われはあんまり聞かへんけど、良夫さん自身は奥さんから慰謝料請求されてへんやろ。そこはあぶないとは思ってる気がするで、先生も。そこでどっちか別の弁護士いけ言わずに、二人分とったろと思うのが、らしいけどな。交渉だけゆうても、双方代理ぎりぎりやで……着手金は返さんでええやろけど……」

結局、強欲には変わりないらしい。

「でもそうやとしたら、気をつけなあかんなぁ……亜美さん、都築さんにだまされてる可能性高いもん」

知らない間に婚姻届を出されて、困っているという良夫の言葉には嘘があった。少なくとも良夫は、津磨子との結婚をどこかで承知していたか、困ってはいない。

あの気の強そうな亜美が知ったら、大介の懸念が現実になるだろう。正義は事務所を閉める時間になるなりさっそく呑《の》みに出てしまったが、念のため言っておいたほうがいいかもしれない。そう思っていると、真向かいで大介が怪訝《けげん》な顔をした。

「なんでそんなことわかるんや」

「えっ」

大介にはつぐみの目のことを話していない。話しても信じてもらえるかどうかわからないし、嘘を見抜くせいでつぐみの前から姿を消した両親のことを考えると、言いたいことでもなかった。

ぱたぱたとわざとらしく手を振って、つぐみは誤魔化す。

「だって、婚姻届出されてずっと気づかへんとか、やっぱりおかしいやん？」

「そうかな。意外とわからんのちゃうかと思うけど……うちの事務所にストーカーの相談がきたら、まず婚姻届不受理の手続きせえてアドバイスするから」

「……嫌な世の中やな。結婚に夢も希望もない……」

「許婚《いいなずけ》がおるのにそういうことゆうてええんか」

「草ちゃんのことなら、許婚ちゃうで。おじいちゃんが勝手にゆうてるだけやから」

ぎろりとにらむと、肩をすくめた大介が腕時計を見た。

「今日はここまでにしとこか」

「あ、なら晩ご飯食べていかへん？　煮込んどいた豚の角煮があるんやけど。豚肉が安かったからつい買いすぎて……完全に作りすぎやねん」

ご飯も炊《た》けているはずだし、千切りにしたキャベツと一緒にどんぶりにするのはどうだろう。角煮のつゆにこっそりしみさせておいた、半熟のゆで卵もつけたい。

だが、つぐみの提案に大介は渋い顔をした。

「……今は先生、おらんのやんな?」

「さっき出かけたの、大介さんかて見たやん」

「やめとく」

大介の即答につぐみはまばたく。残念だが、しかたない。

「そっか、おじいちゃんもおらんし、ちょうどええって思ったんやけど……」

「ちょうどええって……あのな、こんなことアルバイト先のお嬢さんに言うの気が引けるんやけど。あんた一応、年頃の若い女の子やろ。こんな時間に不用心に男とふたりきりになるもんやないで」

「え、草ちゃんも呼んだで？　まず、向かいの弁護士事務所の対策会議せなあかんやろ。あと、大介さんも草ちゃんのお父さんの事件を調べるの手伝ってくれるて話、顔を合わせてしてへんかったから、そのふたつ！　でないと既読スルーするんやもん、草ちゃん」

なぜか大介がどっと疲れたような顔になった。

「……わかった、もうええ。そうやな、許婚やもんな……」

「だからそれはちゃうて……あ、噂《うわさ》をすればや」

インターホンの音に、つぐみは玄関へ足を向ける。草司《そうじ》は合鍵を持っているくせに、こうして律儀にインターホンを鳴らすのだ。

はいはいと雑な応対で、引き戸を引きながら気づいた。影がふたつある。

「こんばんは」

「……都築さん……と……」

着手金の振込で吾妻法律事務所の依頼者となった都築良夫ともうひとり、亜美ではない女性が立っていた。

これは法律事務所的にまずい展開だと、つぐみの直感が訴えている。なのに良夫が先にしゃべりだしてしまった。

「こんな夜分に申し訳ないです。時間はとらせません。あ、彼女は——」

「津磨子です」

良夫に目配せされた津磨子が、頭をさげた。ポニーテールの茶髪がゆれる。なんとなくつぐみよりずっと年上だと思っていたのだが、現実はまったく違った。ファーのついたダウンジャケットは可愛《かわい》らしく、化粧っ気のない顔は思った以上に幼い。大学生と言われても、なんの違和感もない。ひょっとしてつぐみと一回りも違わないのではないか。

だが今は、そんなことを観察している場合ではない。きつめに声をはる。

「あの！　申し訳ないんですが、弁護士もおりませんし、また後日に」

「先生に、伝言だけでもと思ってお邪魔しました」

津磨子が舌足らずな声でそう言った。顔はゆがまないから、嘘ではない。つぐみはとりあえず相づちだけは返す。

「その、失礼ですが都築津磨子さんは相手方です。事務員のわたしでは、津磨子さんの伝言を受け取っていいのかも、判断がつきません」

つぐみの言っていることがわからないのか、津磨子が眉根をよせる。

津磨子は簡単に言ってしまえば敵だ。安易な接触は依頼者の不信を招く——いや、その依頼者とは良夫でもあるのだけれど、亜美も依頼者だ。

今のこの良夫の行動を亜美は知っているのだろうか。知らない場合、たとえ伝言だけでもまずいことになる気がする。

良夫は津磨子の肩に手を置いて引きさがらせると、ずいと玄関のほうへ一歩踏みこんできた。

「亜美がいるとややこしくなる話なんです。ちなみに着手金はもう振り込まれているはずですが、ご確認いただけましたか?」

「あ、はい、それは確認できております」

「なら、僕はただの相談者じゃなく依頼者です。依頼者の要求ならきいてくださいよ」

ぐっとつぐみはつまった。まるでつぐみに駄々をこねられて困っているかのように、良夫はわざとらしいため息を吐く。

「別に、たいしたことじゃありません。津磨子さんと話し合ってお互い早く解決したいと合意のうえで、こうしてお願いにあがったんです」

「ですからそれは後日、お願いします」

ぬっとつぐみの背後から背の高い大介が顔を出すと、調子よくしゃべっていた良夫が言葉をつまらせた。

スニーカーをつっかけて土間におりた大介は、これ以上一歩も入らせないとばかりに引き戸の外に出て、良夫を上から威圧する。

「俺も彼女も事務員ですので、弁護士の指示なしに勝手なことはできません。そもそも、津磨子さんには弁護士がついているでしょう？　こういったことは禁止されてるはずです」

「私の弁護士、契約解除しました」

津磨子の焦ったような答えに、つぐみも大介もあっけにとられた。

うんうんと、良夫が調子よく頷く。

「そうなんですよ。僕が説得したんです。だから安心して話を聞いてください。そもそもそういう依頼者の行動を勝手に制限するような慣習は、ちょっとスピーディーな現代に合わないですよね。事務員さんは知らないでしょうけど、法律には書いてないんですよ」

「……確かに法律にはないですが、弁護士は依頼者の代理人なんです。対立する依頼者同士が顔を合わせて、感情的になり、さらにトラブルを起こさないようにという配慮で、慣習的にそうなってるんです」

「でも顔を合わせたら解決することだってあるでしょう？　今回はまさにそれですよ」

「普通は顔を合わせても解決しなかったから、弁護士に頼むんですよ」

冷ややかな大介の目に、良夫が少しひるんだように見えた。

ふたりのやり取りをもどかしそうに聞いていた津磨子が突然、大きな茶封筒をつぐみに押しつけてきた。

「あの、私、これで示談しますので」

「えっちょっと困ります！　勝手に受け取れません」

押し返そうとしたらさっと一歩さがられてしまった。茶封筒が風に少し流されて、はらりと庇《ひさし》の下へと落ちる。

誰も拾わない。良夫がつぐみを責めるように見た。

「受け取ってください。依頼者の僕からのお願いです」

依頼者にそう言われたら、事務員は受け取るしかなくなる。

大介が嘆息し、拾いに行こうと足を踏み出しかけたそのときだった。

「何をもめてるんだ？」

「草ちゃん！」

黒いコートを羽織った幼馴染みが、落ちたままの封筒を拾いあげて言った。

「落とし物か。警察届けたろか。なんなら、呼んでもええけど」

「って、あんたが検察官やろ……逮捕の権限かてあるやん」

スマホを取り出した草司に大介が呆れてつぶやく。

だが、さっと良夫と津磨子が顔を青ざめさせた。

「ケ、ケ、ケンサツ……」

「わ、わかりました。でもその封筒はお渡ししたので！　それで和解してください」

津磨子の肩を引き、そそくさと良夫が玄関から引き返す。数寄屋門をふたりが出て行くまで見送って、つぐみは両肩を落とした。

草司が拾ったことにしたが、それは屁理屈だ。現状、書類を受け取ってしまったことに違いはない。

「なんなん、あれ……まさかあんな依頼者やと思わんかった」

「事務員とか店員にはえらそうになるタイプやな。ほんま腹立つ」

大介がいらだたしげに玄関から事務所の中へと引き返す。草司もそれに続き、最後になったつぐみは玄関の引き戸を閉め、鍵までかけた。

「先生の依頼者なんか、今の」

「うん」

「事務員は大変やな。ああいうの、弁護士には言えへん無茶を平気で言ってくるから。これは僕が拾ったゆうとけ。先生ならうまいことやらはる」

　草司が、事務所のカウンターの上に茶封筒を置く。不用心にも封がされていなかったので、つぐみはあけて中を取り出した。大介が顔をしかめる。

「見るんか、中」

「落とし物ならしゃあないやろ、中身を見な。……和解契約書や」

　いちばん上に太字で『和解契約書』とプリントアウトされたものが二枚、透明なクリアファイルにはさまっていた。

　示談金の額は、内容証明郵便の二百万から百万になっている。支払期限、振込先の口座番号、債務確認条項、秘密保持条項。過不足のない和解契約書だが、それを手にした大介が不愉快そうに言った。

「津磨子さんの弁護士が作ったやつちゃうか、これ。示談金の振込先を弁護士から津磨子さんに修正しただけやろ」

「署名のとこ、津磨子さんのところが甲『代理人』のままになっとるもんね……でも津磨子さん、弁護士は契約解除したってさっきゆうてたやんな」

「これを弁護士から案としてもらってから、契約解除したんやろ。そのあと、自分で打ち込んで作ったんちゃうか」

キーボードを叩くような手つきをした大介に、つぐみは渋い顔になる。おそらく大介の予想は当たっている。

素人《しろうと》でも、示談金の振込先口座番号が自分のものでないと困るのはわかるだろう。だからそこは打ち直した。だが、弁護士もいないのに、署名部分に『代理人』がつくのはおかしいとはわからなかった。

「報酬払うのが惜しくなった依頼者がようやる手やんなあ……」

ほとんどできあがった和解契約書の案をもらい、和解寸前で弁護士との委任契約を解除する。そうすると和解締結までいったわけではないので、報酬を全額払わずにすむ。

もちろん報酬の何割かは請求するわけだが、気持ちはそう簡単に割り切れない。

クリアファイルごと和解契約書を茶封筒にしまい、つぐみはこの契約書を作った弁護士の気持ちを思って肩を落とす。大介が横でぽつんとつぶやいた。

「……都築良夫も同じことうちにやるかもしれんな。下手したらこれも、あいつの指示かもしれん」

「もしそうやとしたら、怒鳴りつけてやりたい」

「やめとけ。ああいう奴は弱いと見た相手にだけ強く出るタイプやから」

つぐみに忠告した草司が、ビニール袋をカウンターに置いた。

お土産かとのろのろ顔をあげたつぐみは、中身を見て叫ぶ。

「キャピタル東洋亭《とうようてい》の百年プリン！　草ちゃん、神や！　角煮丼のデザートにしよ」

「京都駅よったから。――あんたの分もあるけど」

「すんません、俺、帰って勉強します」

ボールペンやノート、付箋《ふせん》のたくさんついた六法をナップザックにしまい込んだ大介が、ロッカーからダウンジャケットを取り出して据わった目でつぶやく。

「俺は絶対、ああはならへん……一発で受かるんや……」

京都老舗《しにせ》の洋食レストランであるキャピタル東洋亭がデザートに出しているプリンは、シンプルだがどっしりとしており、こくの深い、かためのプリンだ。プリン単体で販売している人気商品で、とてもおいしい。河原町《かわらまち》や京都駅近くに支店を出してくれたので買いやすくなったとはいえ、食べないのは大変な機会損失だ。

だが、司法試験合格に闘志を燃やす大介を止めるのは野暮というものだろう。

草司の件はまた今度でもいい。

「プリン、冷蔵庫入れとくから。またバイトのときにでも食べて」

それだけ告げて、つぐみは自転車をものすごい勢いでこいで帰る大介を見送った。

良夫と津磨子の一件の報告を受け茶封筒を渡された正義は、つぐみ達と同じ結論――すなわち、津磨子は弁護士の報酬をけちったのだろう、と思ったようだった。

「ようやるわ。普通、相手方と話がつくゆう確信得てから契約解除するもんやけどな。まだ儂は相手と一度も交渉してへんのに、せっかちやなあ。しかも百万で和解て、内容証明郵便やと二百万ちゃったか？」

「津磨子さんと良夫さんで内々に話つけたんちゃうん？」

「ふん、儂が何も了承してへんのにか。弁護士っちゅうもんをわかってへんなあ、あの若造は」

いくら正義がえらそうに言っても、弁護士は依頼者の代理人だ。社会正義の側面がある刑事事件ならまだしも、民事で依頼者の意思に反する行動をするのは御法度《ごはっと》である。たとえば津磨子の弁護士のように、解任と言われたらそれまでだ。

津磨子の代理人弁護士が辞任した旨《むね》を知らせるファックスを横目に眺めながら、つぐみは眉をひそめる。

（なんやろ。すごい嫌な予感する）

訴訟なら新しい弁護士がつくのを待つところだが、今回はまだ交渉段階だ。内容証明郵便は依然有効なままなので、これからは津磨子本人と交渉することになるという正義の説明を、亜美が相談室でひとり、黙って聞いていた。

そう、ひとりである。

期末試験期間中で早めに帰ってきたつぐみは、相談室から聞こえる声が祖父と亜美のものしかないことに気づいて、大介に尋ねた。

「……良夫さんは？」

「体調悪いんやって」

本当かもしれないが、ついあやしいと思ってしまう。大介の口調も淡々としていて、信じている素振りがない。

「もう向こうの和解契約書に署名するだけやし、自分はいいですよねとかゆうてた」

「それ、おじいちゃんには？」

「言っといたけど……そんならそれでかまわへんて」

大介が衝立の向こうにある相談室を見る。つぐみも思わずそちらへ目を向けた。

――亜美は、良夫が持ってきた和解契約書にサインするのだろうか。

「もし津磨子さんと話をするなら、ぜひ私も同席させてください。ひとこと言ってやらないと気がすみません」

「そう言われてもややこしなるからなあ」

「少なくともどうやって婚姻届を出したのか再犯防止のために追及すべきでしょう！　他にも離婚したあと、万が一にも子どもができたとか言い出さないよう、一切認知は認めない条件も入れてください！」

気持ちはわかるが、子どもの権利はまた別だ。そういう感情的なやり取りで話をひっくり返されると困るから、代理人がつくのである。良夫も良夫だが、亜美も亜美でまっすぐすぎて困った依頼者だ。

だが正義は亜美に取り合うことなく、のんびり応じている。

「そんなん無茶やてわかるやろ、少し考えれば。ああそうや、住民票届いたで」

そうなのか、と目で大介に尋ねると、大介が小声で教えてくれた。

「今日、届いた。津磨子さんの記載はなかった。良夫さん、一人暮らしやったで」

「戸籍は？」

「まだ。良夫さんの本籍地が正確やのうて、住民票見てから請求し直ししたんや。あとでまた届くやろ。……住民票上でも一緒に住んでへんってことは、ほんまはええことなんやけどな……」

勝手に婚姻届を出されたとして、もし婚姻無効の訴えを提起するならば、こちらにとって津磨子がいない住民票は有利な証拠になる。だが、良夫はそれをせず金を払って解決すると言っている。

だからなのか、大介の歯切れはどこか悪い。つぐみも気持ちはわかる。

いっそここで住民票上は一緒に住んでいるとなれば、良夫はやはり二股をかけていて亜美をだましているとか、感情的にしっくりくる結論が出せたのだ。

（でも、亜美さんにとってはええことなんやんな。浮気してへんてことやし）

もし良夫が二股をかけていたとしたら、いくらだまされたと言っても亜美は不倫をしたことになる。被害者ではない、加害者になってしまうのだ。

「住民票が一緒じゃないってことは、やっぱり向こうが勝手に婚姻届を出しただけってことですね!?　よかった……」

「一緒に住んでへんってだけやで。まあ、婚姻届は勝手に出されたもんでほんまの夫婦やないっちゅう証拠が出てきたとも言えるけど——さてどうする、この和解契約書」

津磨子が持ってきた書面の話だろう。大介もなりゆきをうかがっている。

「二百万請求やったんが、百万に減額されとる。相手の署名ももう入っとるから、あんたが署名したらそれでしまいや」

「……良夫が交渉したと言ってました。示談が成立したら離婚届も出すよう説得したし、お金も全部自分が出すから私は判を押すだけでいい、これ以上私に迷惑をかけたくないからと言われてます」

「で、あんたはこれに署名するんか。それともせえへんのか」

突然、事務所内に電話の音が鳴り響いた。大事な確認の邪魔をしてはならないと、大介を待たずつぐみはその電話を取る。

「はい、吾妻法律事務所でございま――」

『都築です。あの、和解契約書、どうなりましたか』

良夫だ。万が一にもいらだちが声に出ないよう、つぐみはつとめて明るい声で応じる。

「ただいま弁護士と打ち合わせ中です」

『その結果を聞いてるんですよ。亜美を説得してくれましたか』

いらいらしたような声につられては事務員失格だ。ゆっくりとつぐみは繰り返す。

「ですから、打ち合わせ中です」

『事務員だって和解契約書に判を押したかどうかくらいわかるでしょう？　それを教えてくれればいいんですよ。教えられないってどういうことですか』

「教えられないというわけではなく……よろしければ弁護士におつなぎしますが」

大介から『都築良夫？』と書きつけたメモを見せられた。頷き返すと、大介が相談室に入っていく。

その間にも矢継ぎ早な良夫の話は続いた。

『打ち合わせ中ならしかたないので、先生はいいです。僕はちゃんと亜美を説得してほしいだけなので、それさえしっかりしてもらえれば。言っておきますが、二百万の請求が百万になったのは僕の成果ですからね。これで亜美も説得できないんじゃ、弁護士さんを雇ってる意味がありません。こっちはもう示談金を振り込む準備もしてあるんですよ』

「……では、弁護士にそのように伝えておきます」

『とにかく早く決着をつけてください。よろしくお願いします。亜美を説得できたら、すぐお金を振り込みますので』

大介に呼ばれたのか、相談室から正義が顔を出した。

「儂にまわせ」

「あの、弁護士がお話ししたいと言っておりますので、かわります。少々お待ち――」

『え、いえ、それには及ばないです。では』

がちゃんと一方的に切られた。ほっとするのと同時にがっくりくる。

「なんや、切られたんか。なんてゆうとった？」

「打ち合わせの進捗《しんちょく》確認……亜美さんを説得してくれたかって。あと、示談金はもう用意してるって伝言」

「しょうもないやっちゃな。……おい大介、お前にさっき打たせたこっちの示談書と内容証明郵便の案、プリントアウトせえ」

はい、と大介が急いで事務机に戻り、パソコンを操作し始める。複合機から出てきたそれを持って、正義は相談室に戻っていった。

「何？」

小声で尋ねたつぐみに、椅子ごと少しずれて大介がパソコンを見せてくれる。その画面を見て、つぐみはまばたいた。

津磨子が持ってきたのとほとんど同じ形式の示談書案だ。和解契約書も示談書も法的な違いはないので、表題を変えたのは、津磨子の持ってきた和解契約書と区別をつけやすくするためだろう。

内容証明郵便も電子を使うので、やはり津磨子から送られてきたものと形式はそっくり同じになる。弁護士らしいテンプレだが、金額も内容もまったく違う書面だった。

「良夫さんはずいぶん早く解決したいみたいやな」

「司法試験まで時間があまりないので。あんな女のことで煩《わずら》わされたくないんでしょう」

「そうか。そうはゆうても、儂も仕事してへんて言われたらかなわんからな。こんなん作ってみたんや」

見比べるつぐみに気を遣った大介が、正義が亜美に今差し出しているだろう文書を追加でプリントアウトしてくれる。

「まず、儂が提案する示談書から説明するわ。和解契約書と意味は変わらん。交渉の筋書きとしては、あんたは良夫さんが独身やと思って交際しとったのに、奥さんがいた。だまされたんや。ただそれに気づかへん過失はあった。だから十万だけ払う。まあ、それくらいは勉強代や思え。百万よりましやろ」

「待ってください。私は良夫にだまされてなどおりません。まして不倫なんて」

「よう見てみ。金額以外、向こうが出してきた和解契約書と文章、同じやろ」

言い聞かせるようにゆっくり、正義が言う。正義は亜美の口調の速さや強さに、引っ張られたりしない。

「つまりあんたはな、良夫さんを独身やと思ってたけど、不倫したことに間違いはないから百万払いますゆう文書に判押そうとしてるんや。――ほんまはわかってるやろ？　おかしいてことに」

亜美が黙りこんだ。

「もうひとつの提案はこれや。良夫さんが津磨子さんに対して婚姻無効の訴えをする。それを津磨子さんに予告する内容証明郵便や。これは離婚に応じてくれればそれでええってことにしてある。これに向こうが応じれば、あんたは十万すら払う必要はない。当然やな。あんたの言うとおり、あんたは良夫さんにだまされてへんし、良夫さんは勝手に婚姻届を出された被害者なんやから」

「でも、良夫は証拠がないと……」

「あるやろ。証拠はあんたや。一緒に住んでる影も形もない。合鍵もあんたが持ってるんやったら、まず見落とすことはないやろ。生活費なんかも変動がないことを示すとか、やりようはいくらでもある。もうすぐ戸籍も届く。そしたら津磨子いう女が、どういう経歴かも追えるようになってくる」

「……」

「まあ、ひとまず持って帰り。そんでよう考え」

子どもにお菓子を持たせるような声だった。そのせいか、亜美の声のトーンが落ちる。

「……先生は、私に和解契約書にサインをしろとおっしゃらないんですね」

「あんたにサインさせても、なんも儂の得にならんからな」

かかかと正義は笑った。きっといつもどおり、悪ぶった顔をしているに違いない。

「……結婚が、したいんです。私の両親はふたりとも早くに他界していて、家族が欲しいとずっと思ってました。子どもも産みたくて……年齢も年齢なので……」

そうか、と正義は頷いた。説教も追及もしなかった。

亜美もそれ以上は言わず、バッグの中に正義の作った書類をしまう音が聞こえた。

「……あの、先生。この相手からきた和解契約書だけは、預かっておいてもらえますか」

「ああ、わかった。うちで預かっとくわ」

ありがとうございます、という亜美は、きっと迷っている。

(ああ、やっぱりおじいちゃん、すごいな)

良夫さんはあなたをだましています。目をさましてください、不倫相手はあなたのほうなんですよ。今のうちに和解しましょう、でないとそのうち訴えられます——そう正論を振りかざすことは簡単だろう。

でもきっと、そんな正論で亜美の心は動かせないと、正義は知っていたのだ。

良夫が再び現れたのは、亜美が帰ったあと、事務所の営業終了時間間近だった。

『いったいどういうつもりなんですか⁉』

インターホンに出たつぐみは、名乗りもせず飛びこんできた大声に身をすくめた。だがつぐみの肩を引っ張って、大介が応答を代わってくれる。

「どちら様ですか」

『都築ですよ！　都築良夫です。亜美が署名しなかったって連絡があって……！　しかも、婚姻無効とかどういうことですか？　お断りしましたよね。それを、僕に連絡もなく！』

「体調不良とご連絡いただいたので、後日に控えさせていただいたのですが」

興奮しているのか、大介の冷ややかな一撃にも良夫がひるむ様子はない。

『こんなに役立たずな弁護士だと思わなかった。これだから頭がいいってだけで受かった常識のない世代は……！　そっちがその気なら、こっちも考えがあります。そちらとの契約を切ります』

「吾妻との委任契約を解消する、ということでしょうか？」

『ええ、当然でしょう！　そちらに預けた資料を返してもらいましょうか』

インターホンからの声が聞こえたのだろう。正義がアコーディオンカーテンを引いた奥の部屋から出てくる。

「つぐみ、解任の確認書、今すぐ出せ。実費はまだなんも使ってへんやろ。現金で返金するから、その受領証も用意せえ」

解任されたとき念のため交わす書面はテンプレート化してあるので、すぐにプリントアウトできる。他にも正義に指示されたものを急いでつぐみは準備した。大介は用意しますのでしばらくお待ちください、と断ってインターホンを切る。そして素早く書類棚から依頼者のファイルを取り出した。

「都築良夫さんのファイル、これです。大賀亜美と共同にしてありますけど、資料は何を返却しますか」

「相手からの内容証明郵便も示談書も亜美さん宛や。返す資料なんかなんもないわ」

不敵に笑った正義は、つぐみが急いで用意した解任の確認書と返金する実費、その受領証をカウンターの上に並べて、大介に目配せした。

「入ってもらえ。ただしもう客やない、ここまでしか通さんでええ」

神妙に頷いた大介が玄関へ向かい、引き戸をあける。

どうぞ、と大介に案内されて良夫が勇ましく入ってきた。それを正義は迎え撃つ。

「これが儂をクビにするて解任の確認書、あんたに返す実費、その受領証や。確認して住所と名前書いて、判ついてくれ。なかったら拇印《ぼいん》でもまあええで」

「返金、これだけですか？」

「まさか、着手金返せゆうんか？　あれは中途解約でも返金なしやて、契約書にそうあったやろ。読まんかったんか？」

鼻白んだ良夫は、カウンターの上に置いてあるボールペンを手に取って、猛然と解任の確認書に記入を始めた。

「勉強代だと思うことにします、これ以上引っかき回されたくないですからね！」

「あんたは無駄な勉強代ばっか払っとるなあ」

「──さあ、書きましたよ。和解契約書はどこですか」

「あれは亜美さん宛のもんや。あんたに返すもんやない」

ぽかんと良夫が口をあけたままになった。

「委任契約を切るのはあんたや。あんたと亜美さんは別々やてゆうたはずやで、儂は」

「……でも、あれは僕が交渉したもので！」

「亜美さんから預かってくれ言われてる。しかも当事者として名前があがってるのは亜美さんと津磨子さんや。あんたに勝手に返すわけにはいかんなあ」

顎をなでてから、正義はさらにつけたす。

「それに今、亜美さんの代理人弁護士は儂や。そうなると儂が亜美さんの許可もろて署名するのが筋やろ。和解契約書にも乙代理人ってあったやないか。ま、甲代理人の欄に津磨子さんが自署してたし、ようある素人の間違いやから法的に問題はないけどな」

つまり亜美が自署してもかまわないのだが、おそらく津磨子に和解契約書作りの指示をしたのだろう良夫は真っ赤になった。

「だったら作り直すまで──」

「失礼します、すみません！　あの、良夫が和解契約書を取り返すって……！」

鍵のかかっていない戸をあけて、息せききった亜美が飛びこんできた。よほど急いできたのだろう。いつもぴしっとした髪が乱れていて、コートも持っているだけだ。インターホンを鳴らすことも忘れて、良夫の姿を見るなり、その腕をつかむ。

「良夫。とりあえず先生が書いてくれた書類を見てほしいって話をしたじゃない。なのにどうしてこんな、強引に」

「僕だって司法試験を勉強してるんだ。見なくても話はわかる。それこそ、君にも散々説明しただろう？　婚姻無効は時間がかかる、今は勉強の邪魔をされたくないって！」

「それは、聞いたけれど……」

「それとも、僕の判断を疑うのか？　司法試験に受からないような僕の言うことは、あてにならないって？」

言い方が自虐《じぎゃく》に見せかけた脅しだ。亜美は黙るしかなくなるではないか。

勢いづいて、良夫がさらにまくしたてた。

「君はわかってない。僕は君を助けようとしたんだ。いいか、裁判――婚姻無効の証明は難しいんだ。百万だって僕が負担すると言っているし、このままで君にはなんの負担もないじゃないか！　なのに、いったい何が不満なんだ？　こんなの君が頷いてくれればもうとっくに終わっていた話なんだよ。弁護士を入れたのだって形式を考えただけで」

「――とにかく帰って話しましょう、こんなところじゃ先生にもご迷惑だから」

「いいや、今ここではっきりさせよう。何度も言うが、君はわかってない。もし今、僕が結婚していてそれを隠していただけだと言ったらどうなるかわかるかい？　不倫したことになって慰謝料を払うことになるのは、君なんだよ？」

「不倫してへんかったら、そもそも慰謝料なんて払わへんでええんやで」

のんびりした正義の声に、良夫が嘲笑《ちょうしょう》した。

「ご存じですか。たとえ独身だと信じていたとしても、そう簡単には過失なしとして慰謝料を払わなくていいことにはならないんですよ」

「だから念のため、十万の慰謝料の示談書を作ったんやけどなぁ」

「二百万を百万にしてもらったんですよ？　十万で相手が納得するわけがない！」

「なあ。実は婚姻届、勝手に出されたわけやないんやろ」

切り込んだ正義に、良夫がひるんだ。だがそれは一瞬のことで、何かを誤魔化すように良夫はカウンターを叩く。

「話にならない！　亜美、この老害弁護士は駄目だ。僕と君を仲違《なかたが》いさせて、無意味な訴訟をして、また追加金だのなんだの金を巻きあげる気だ。今すぐ契約を切って、もう一度僕の話を――いや、どうしてもというなら、他の弁護士に入ってもらってもいい。なんならそうだ、目の前に新しい法律事務所があったじゃないか。そこに今から行こう」

「い、今からって、そんな」

「まだあいていたはずだ。新しいところだから、きっと親切にしてくれる。ちゃんと僕が用意した和解契約書が亜美にとっていい話だと、説明もしてくれるだろう。そうすれば納得するだろう？　僕達が喧嘩《けんか》する必要なんてないんだ」

「――私、吾妻先生にお願いしたままにするわ」

嚙《か》みしめるようにゆっくり亜美が言葉を選んで、そう言った。

「また弁護士を頼んだら、お金だってかかるでしょう？　吾妻先生は、私と良夫を仲違いさせたいわけじゃないと思うの。だって、確かに時間はかかるかもしれないけど、あなたは勝手に婚姻届を出されただけで、結婚なんて嘘だって証明されて、私の慰謝料もなくなれば、それがいちばんいいじゃない。あなたにとっても、私にとっても」

「……結局、かかる金額は同じくらいのはずだよ。それなのに？」

先ほどまでうるさくまくし立てていた良夫が、一転して静かな口調で尋ねる。亜美が少しほっとした顔になって、良夫の腕に手を伸ばす。

「同じお金を使うとしても、使う理由と払う先が違えば、気持ちも違うでしょう」

「――わかった。なら、君は好きにすればいい」

亜美の手を振り払った良夫が、あからさまな侮蔑《ぶべつ》の笑みを浮かべた。

「裁判で不倫をした女性だと責められるのは、君だよ」

本当に心の底からそう思っているのだろう。良夫の顔は、ゆがまなかった。

そのまま挨拶もなく、亜美を置いて良夫は出て行く。あっけない終わりだった。

亜美は深くため息をつく。

「……お騒がせしてしまって、すみません」

「追いかけて謝らんでええんか？　今なら間に合うで」

「同じことです。良夫の言うとおり署名したとしても、私は不倫したことになるって教えてくださったのは先生じゃないですか。私、わりとずばずばものを言うほうなんですけど……良夫には間違ってるって言えなくて。どうしてかしら。昔はそんなことなかったんだけど」

質問ではなくてひとりごとだろう。そう言ったあとで、亜美は頭をさげた。

「本当に、ご迷惑をおかけしました。引き続き、よろしくお願いいたします」

「ああ、まかせとき。あんたは不倫なんかしてへんかったて、証明したる」

ばん、と正義に腕を叩かれた亜美は、まばたいたあとで笑う。その亜美に、正義が低く告げた。

「――ところでな、あんた、良夫さんのケータイとか通帳とか見たことあるか?」

「え?　いえ、それはさすがに。お互いプライベートもありますし……」

「ああ、やっぱりそういうタイプやったか。……でも、あんた今も良夫さんの部屋に勝手に入れるやんな?」

　亜美が顔をしかめて、歯切れ悪く答えた。

「それはできますが……こうなった以上は、さすがに」

「大丈夫、今日明日ならまだギリや。あんたの私物かて残ってたりするやろ。それを取りに行くついでにでええんや。何、なんか盗んでこいゆうわけやない」

　ひっひっひと悪い笑みを浮かべる正義に亜美が押されている。不安になったつぐみは思わず口をはさんだ。

「おじいちゃん、何をさせるつもりなん」

「ここ一年の良夫さんの通帳の入金履歴、写真にとってき」

「それ犯罪スレスレですよね⁉」

　仰天した大介に、正義は悪い顔で笑う。

「なんも悪いことには使わんわ。こんなことで捕まりもせん、安心せえ。文句なら合鍵も回収せえへんかったあの素人法曹気取りに言うべきや」

「無茶やて！　亜美さん、無理にこんなこと聞かなくても」

「――やります」

やけにきっぱりした声で、亜美が答えた。らしくない回答にまばたいていると、亜美は生真面目な顔で続ける。

「そういうことができていたら、不倫せずにすんだかもしれませんから」

「よっしゃあようゆうた！　あとは草司に電話せえ、つぐみ」

「ええ？　なんで草ちゃんなん」

「そりゃ、あいつの得意分野やからや」

わけがわからない。だがとにかく必要だとはわかったので、正義の言うままスマホを取り出して、アプリを起動した。


その週のうちに新たに届いた受任通知の差出人は、向かいの新しい法律事務所の名前で、その依頼者の名前は都築津磨子だった。

「え、なんで⁉」

今日は大介が休みの日だからと、張り切って短縮授業から駆けて帰ってきたつぐみは、受任を知らせる内容証明郵便を開くなり叫んでしまった。

「津磨子さん、新しく弁護士雇ったんや……でもじゃあ良夫さんは？」

「そりゃあ、明確に大賀亜美を責める立場にあるのは都築津磨子だからね。それくらい司法試験浪人生だってわかっているだろうよ。そのかわり裏で手を引くのさ。ほら、ここを読んでみたまえつぐみ君。都築良夫も事実を認めており、って書いてあるじゃないか」

「ほんまや……え、請求額三百万⁉　あがってるやん！」

「明確な証拠があるにもかかわらず、不誠実な対応、悪質であるから、と文言《もんごん》が強くなっていってるねえ。つまり大賀亜美の態度が悪いから請求額をあげた、ということだ」

「なるほど……って、ケイさんどこから入ってきたん⁉」

だいぶ会話をしてしまってから、つぐみは振り返って叫ぶ。相変わらず白いひらひらしたブラウスを着た不法侵入者――芦辺《あしべ》ケイは、堂々と笑い返す。

「玄関からに決まっているじゃあないか。鍵、あけっぱなしだったよ」

内容証明郵便の中身を気にして、施錠《せじよう》を忘れていたらしい。つぐみは自分の不手際を呪いながら、コートを片腕にひっかけ知った顔で事務所に入るケイに、半眼で尋ねる。

「で、今度はなんなん。っていうかなんで大賀亜美さんの件、知ってんの……」

「吾妻先生は私の師だ。手がけている事件を知っているのは当然だよ――と言いたいが、実はお向かいの事務所に遅ればせながら開所挨拶に行ったら、吾妻先生が相手方だという話を聞いてこれは参上せねばと思ってね」

「知り合いの弁護士がいるん？　お向かいの事務所」

「同期がひとり在籍している。裁判所帰りによってみたんだが、同期は私が吾妻先生びいきだって知ってるからね。今、吾妻先生が所長の相手方だから長話はまずいと耳打ちして、追い返してくれたんだよ」

ケイは草司の同級生であり、勝手に正義の弟子を自称するストーカーだ。とつぐみは思っているが、この若さで烏丸《からすま》の弁護士法人を経営するやり手の若手弁護士でもあるので、とにかく顔が広い。

「やからて、大賀亜美さんの名前とか……ああ、これ読めばわかるやんな……」

自分の手元にある受任通知に目を落とすと、ケイは盗み見を悪びれずに頷いた。

「そういうことだ。その都築良夫というのもちょうどあっちの事務所にいたもんだから、ぴんときたわけさ。これは私の出番があると！」

「いや、そんな話、全然今ないけど……あ、これ戸籍や。良夫さんの」

ずいぶん遅かったなと思いながら、中を開く。また勝手にケイが中を見ているが、もう注意する気も起きない。

「やっぱり妻のところに、津磨子さんがおるなあ……」

「ふうん。これはこれは」

「なんや、きとったんか金髪」

ひょっこり正義が出てきたのは、倉庫代わりの部屋からだった。

「なんかさがしものでもあるん、おじいちゃん」

「ああ、昔いっぺんだけやった事件の資料見たくてな。でも草司の言うとおりやわ、これは弁護士が集められる証拠ちゃうな」

「でも、先生ならこれだけあれば十分では？」

ひょいとつぐみの手からケイが届いたばかりの戸籍謄本《とうほん》を取りあげ、正義に渡す。

「弁護士が勝負できるのは、はったりと会話術でしょう」

戸籍謄本を見て、正義がふんと鼻白む。

「これは、当たりかもしれんな。……お前、暇か」

「先生のためならいつでも暇ですよ」

「この都築津磨子ゆうの、調べられるか。勤め先がわかるくらいでええ」

「もちろん、おまかせあれです」

「つぐみ、都築良夫に電話せえ」

突然の指示に、つぐみは混乱した。

「良夫さん？　なんで？　今のって、津磨子さんの弁護士やのうて？」

「相手はまがりなりにも、ロースクール卒業生やろ。素人さんと同じ対応は失礼やろが。ここで話し合いするんや。そうやな、早いほうがええ。ついうっかり草司に相談してしもたし、万が一にもつかまってしもたら、ややこしいからな」

正義の言っていることがわからず、ついケイに目を向けると、ケイにも意味深に笑い返されるだけだった。

戸籍に変わったところはないように見えた――いや一カ所だけ、あれっと思ったことはあるけれど、そこから先につぐみはたどり着けない。おそらく正義とケイが弁護士だからこそ、気づけることなのだ。

だとすればつぐみのやることはひとつだ。

「お世話になっております、吾妻法律事務所と申します。都築良夫様の携帯電話でお間違いないでしょうか」

『ああ、吾妻先生ですか。なんですか、現実を知ったんですか？』

「恐れ入りますが、弁護士が良夫さんと話し合いたいと申しておりまして、ご都合のいい日時などおうかがいしたく、お電話したのですが」

『僕、暇じゃないんですけど？　ああそうだ、亜美にお金は自分に払えって言っておいてください、三百万。じゃあ』

「では、事務所におこしいただくことはできないということでしょうか？」

『……そういうわけじゃないですけど？　でも、ただでとは言えないなあ』

「申し訳ございません、わたしは事務員ですのでそういったことは弁護士にお話しいただくしかないのですが……では、日程はどのようにいたしましょうか」

どんなに腹が立つ相手方でも丁寧にきちんと、できるだけ弁護士の手を煩わせずに、アポイントメントをとってくることである。


良夫は電話越しでぐずぐず言っていたが、打ち合わせの日付は翌日に決まった。場所は吾妻法律事務所で合意もとれた。

翌日、つぐみが学校から帰ってくると、良夫はまだきていないが亜美はもうきていた。

亜美は良夫がくるより三十分以上前にきて、正義と最後の打ち合わせをする予定が組まれていたが、相談室の雰囲気はもう良夫を待つばかりになっている。

「……どうやった、亜美さん。おじいちゃんの推測、聞いたんやろ」

「さすがにショック受けてはったけど、最後は笑ってはったわ。こうなると落ちこんでる場合やないしな。しっかりせな、自分が慰謝料払うことになるんやから」

亜美はお金に困ってはいないだろうが、それだって悔しいだろう。

大介の言葉に、つぐみも神妙に頷き返した。

「そうやな……あ」

「きたな。あんたはここにおり。ああいう奴は女子どもにすぐつっかかるから」

大介の気遣いをありがたく受け取ることにしたつぐみは、インターホンの応対をまかせて小さな台所に引っこむ。走れば汗ばむ陽気になってきたが、まだ冷たいお茶を出すには早いだろうと湯飲みの準備をする。

（せめて、良夫さんが認めてくれますように）

茶葉を蒸らしている間に、良夫を相談室に案内し終えた大介が戻ってきた。

大介の発案で、こういう話し合いがある日、普段は相談室と事務員達がいる場所をきっちり区切っている衝立を何枚か取り払い、見晴らしをよくすることにした。弁護士同士だけならまだしも依頼者同士が顔を合わせると、感情的になって警察沙汰になることもありえる。そうなった場合、すぐさま事務員が対応できるようにするためだ。

つぐみは事務机に座ると、良夫の顔と亜美の顔を見くらべた。

亜美はじっと身を硬くしてうつむきがちに座っている。対する良夫は、気が大きくなっているのかどこか余裕の笑みを浮かべている。

しかも正義が着席するなり、自分から話しだした。

「都築津磨子を説得してほしいという話なら無駄ですよ。誠心誠意謝れば、弁護士同士の話し合いで当初の請求額だった二百万にすることくらいはできるんでしょうけど、百万はね。他でもないあなた方が蹴《け》った案ですから」

「そんな話をする気はないから、安心し。最初にゆうたやろ、別の問題やて。そもそも、亜美さんに請求してるのは都築津磨子さんで、あんたやないで」

そっと邪魔にならないようにテーブルにお茶を出して回る。良夫はふてくされたような顔になった。

「ならなんなんですか、用事は！　こっちは忙しいんですよ」

「取り寄せたんや、あんたの戸籍。あんた――戸籍、売ったな？」

テーブルに差し出された戸籍を見て、良夫の顔がこわばった。

「津磨子さん、日本人やないんやな」

もし、反応が証拠になるのならば、それは肯定を示す証拠になっただろう。だが、良夫は荒々しく立ちあがる。

「何を言うかと思えば、馬鹿馬鹿しい！　国際結婚など今時珍しくもないのに、よりによって弁護士が外国人差別とは。失礼する、こんな不愉快な話し合いの場には一分だっていたくない」

「あんた、入籍前に津磨子さんから百万、受け取ってるな。入籍後にも百万」

「どうしてそんなことが」

そこまで言って、はっと良夫は亜美を見た。

「亜美、君か。勝手に……！　結婚前にそういうプライベートを暴くことは、互いの信頼関係を損なうと散々！」

じっと自分の手元を見つめている亜美は、良夫の非難にも顔をあげない。

話すのはあくまで弁護士である正義だ。亜美はひとことだってしゃべらなくていい。

「それだけの金が払える津磨子さんのことも、知り合いに頼んで少し調べさせてもろた。仲介業者がいるんかと思ったけど……あの若さでえらい稼いでるキャバ嬢らしいな」

「こ、今度は、職業差別か」

「そら日本にいたいやろなと思ったわ。偽装結婚してでも」

偽装結婚。互いに婚姻の意思なく、婚姻届を出すことだ。マンガから小説・ドラマまで定番のネタである。

だが結婚の目的が戸籍の売買——すなわち日本の在留資格欲しさでの入籍だった場合、

まぎれもない犯罪になる。

「……っすべて、作り話だ！　僕には何もやましいことなどない、あの女が勝手に」

「まあ、確かにあくまでそれはこっちの予想や」

あっさり正義に認められて、出鼻をくじかれた良夫は視線を泳がせる。

「ただ他にも気になることがあってな。津磨子さんはケイサツとケンサツの区別がつくそうやないか。日本人でも珍しいで、警察と検察がわかるて」

「それは……僕が、教えただけですよ。たまたま、雑談で……」

「必要に迫られて覚えたんやろ。今回亜美さんに不倫の慰謝料請求したんは、そうやってほんまもんの夫婦みたいに争いを起こすことで、警察や検察の目をごまかすのが目的やったんちゃうか。素人の浅知恵やな」

容赦《ようしゃ》なく切り捨てる正義に、良夫はもう反論しなかった。顔は真っ青だ。

「つまり、あんたはすでに偽装結婚で目をつけられてるんや」

「……！」

「やから訴訟する時間もなかった。自腹を切ってでも、とにかく亜美さんが折れる形で和解をさせなあかんかった。亜美さんとのことを知られたら、ますます疑われるからな」

良夫は乾いた唇をなめようともせず、ただ震えて聞くだけになっている。

「さあ、これを踏まえて話を戻すで。あんたは津磨子さんと結婚してた。つまり、独身やと亜美さんをだましてたわけや。しかもそれを信じた亜美さんは、あんたに生活費の足しにて五年も毎月五万円、支援してたそうやないか。先月分まで五年間、合計して三百万。不当利得として一括で返してもらいたい、ゆうんがこっちの話や。これがその、新しい示談書」

正義がテーブルに出した書類を読みたくないのか、良夫は首を横に振った。

「ぼ、……僕は、亜美と、婚約していて、だから」

「結婚してるんやろが、津磨子さんと。なら結婚詐欺《さぎ》やろ」

「いや、だからそれは……！」

「それとも津磨子さんとの結婚は、偽装結婚やて認めるか？」

「──亜美！」

こらえきれなくなったように、良夫が叫んで、身振り手振りで話し始めた。

「僕は君と結婚したいんだ、本当だ嘘じゃない！　ただ、困っていると言われて……助けてほしいと言われただけなんだ。それに、僕もこんなに合格に時間がかかると思っていなくて、だからせめて、結婚資金を作ろうと思った。それだけなんだ、断じて裏切ったわけじゃない！　亜美ならわかってくれるだろう？」

良夫の顔には、必死さはあれど嘘はない。

そのことにつぐみは目をそらしたくなった。

(良夫さんは、勝手に婚姻届を出されたわけやなかった。でも、亜美さんと結婚するつもりなのも、ほんまやった)

勝手に婚姻届を出されていたのが本当だったら。あるいは亜美と結婚するつもりなのが嘘だったのなら。

嘘と本当が逆だったら、きっとこんな複雑な気持ちにならなかった。

「……良夫。良夫のその気持ちを私、疑ったことはないわ。今も疑ってない。それに、あなたがどうしてそんなことをしたのかもわかるつもり。目の前のひとが困ってるから、助けてあげたかった。良夫らしいと思うわ」

「亜美……」

「そうやって自分はすごい、頭がいいって見せたがるところ」

ほっとしたような良夫が、目を瞠《みは》った。唇が乾いて、わなないている。

「自分なら、私に隠してうまくやり遂げられると思ったんでしょう？　自分はとっても頭のいい人間だから」

亜美が顔をあげる。怒りも悲しみもなかった。

ただ、しかたのない子どもを見るような顔で笑っていた。

「私があなたを好きだったのは、あなたの頭がいいからじゃないのよ。あなたがすごいからじゃないの。私はすぐ自分に見切りをつけて諦《あきら》めてしまうから、自分を信じて夢に向かって勉強できる姿が素敵だとそう思って、応援してた。でももし、そのせいであなたを勘違いさせたのだとしたら、私も悪かったのね」

「いや……いや、僕は」

「私、あなたが司法試験に受からなくたって……いえ。受からないと思ってたわ」

直截《ちょくせつ》的な言葉に、良夫は言葉をなくしたようだった。

「先生。おすすめしてくださったように、良夫と津磨子さんを告発します」

「ええんか？」

「はい、おまかせします。――でも」

最後の慈悲のように、亜美が良夫を見た。

おそるおそる、良夫が身を縮めて亜美をうかがう。

「もし、津磨子さんの慰謝料を取り下げさせて、私に五百万払ってくれるなら、何も見なかったことにしてあげる」

「ご……五百万!?」

仰天した良夫に、亜美は冷静に告げた。

「あなたは私から三百万、津磨子さんからも二百万もらってる。あなたは無職でも、両親からの遺産がある。それに津磨子さんはお金を持っているでしょう？　そう考えれば、決して高い金額じゃないと思うわ」

「ま……待ってくれ、亜美。話を……何か、そう、誤解が」

「誤解なんてないわ。先生から聞きました。日本での永住権を得るために、婚姻期間は三年いるそうね。警察に捕まりでもしない限り、彼女は粘るだろうって」

すっと亜美は立ちあがった。すっきりした顔をしていた。

「私、彼女に感心したの。結婚って、互いの誠実さの表明だと思ってた。でも、それは間違ってたわ。結婚って、ただ人生を生き抜くための手段なのね」

あっさり言って、亜美が正義に軽く頭をさげる。

「あとはお願いします、先生」

「なんなら一千万くらいとったるのに」

「それは私の勉強代です」

茫然《ぼうぜん》自失の良夫を最後に愛《いと》おしむように見て、亜美はあとを正義にまかせて事務所から出て行った。

翌週、再度、津磨子の代理人を辞任したという通知が向かいの弁護士事務所から届けられた。その三日後には、五百万がぽんと示談書どおりに入金されていた。

期限よりだいぶ早い入金に正義はもっとせしめるべきだったと悔しがっていたが、つぐみはそれがなんとなく良夫の誠意のように感じられた。

「こないだ予備校の模試で見たで、良夫さん。津磨子さんと一緒やった」

「えっ」

終わったばかりの期末試験の自己採点をしていたつぐみは、帰り支度の大介の言葉に顔をあげる。

「なんや、来年までの予備校の講座の申し込みしてたわ。今年の受験はやめるんやろな」

「……受験資格はロースクール卒業後五年以内、やっけ。時間はまだあるんやんな、良夫さん」

「何年でロー卒業したんやろな……ストレートやと計算合わへん……ただ俺はええんちゃうかなって、なんか思った。仕切り直すって意味で。来年受験なら、俺とライバルやなあ」

さらっと大介は言っているが、来年本試験でライバルということは、自分は今年予備試験に受かるということである。

「あれ？　でもなんで津磨子さんと一緒？」

「なんか、一緒に暮らしてるっぽかったで」

「え……ええ……？」

まさかの展開に混乱したが、大介はあっけらかんとしている。

「色々、開き直ったんちゃうか。一緒に暮らせば、捜査も入りにくくなる。しかも金稼いでくれてるんやったら、生活費心配せんでええし、勉強に集中できるやん」

「や、やからって……」

「俺、そこまでせな受からん試験なんやって、初めて実感した気がする。本腰入れなあかんなって、思った。そういうわけで、汐見司《しおみつかさ》さんの件なんやけど、本格的に調べるの予備試験終わってからでええか」

いきなりの話の展開に、つぐみは目をぱちぱちさせた。

「もちろん、なんやわかったことあったらすぐ教えるけど。俺、予備試験はちゃんと受かっとこと思て。ちゃんとお前は受かるって、じいちゃんに応援してもらえてる間に」

大介は、亜美が最後に良夫に向けた言葉を意識しているのだろう。

それはいい傾向に違いない。

「頑張って。あ、でもバイトやめたりせえへんやんな⁉　家庭教師も」

「ああ、それは続けるつもりや。予備試験終わるまで回数は減らすことになるかもしれんけど、家庭教師もついでやし……自分もがんばろて思えるしな」

「……そう？」

「さすがに試験前は勘弁してもらいたいけど、息抜きにはなるから」

つぐみの受験勉強をみるのが自分の試験勉強の息抜きになるとは、どういうことか。

やっぱり、頭のいい人間の考えることは理解しがたいところがある。

(でも、今回のことはわたしも反省せなあかんな。紹介やないお客さんって、やっぱり危なっかしいなあ……)

結果的に亜美はいいお客さんになってくれたが、それでもはらはらさせられた。

一瞬だけ津磨子と良夫を受任したお向かいの新しい事務所のことは気になるが、むやみやたらに気を揉《も》んで、どうなるものでもない。時間の流れと一緒に、環境が変わっていくのはしかたのないことなのだ。

だからまず、今をしっかり見据えていくべきなのだろう。

よしと腕まくりをして、つぐみは新しい参考書を開いた。

第二話

ご近所トラブル見ざる聞かざる

「あの……汐見《しおみ》検事から、電話、ですけど……」

朝いちばんではなく、どう考えても正義《まさよし》が二階からおりてくる時間を狙って事務所にかかってきた検察庁からの電話だった。

思わず敬語になっているつぐみに、正義は堂々と言い切る。

「おらへんって言え」

「……ええけど、草《そう》ちゃん、おじいちゃんが逃げてるてわかってると思うで……」

「それがなんや、証拠でもあんのか」

ふんと両腕を組んだ正義はアコーディオンカーテンを開き、サボりの部屋に閉じこもってしまう。これはだめだと、つぐみは保留にしていた電話を取った。

「お待たせしました。弁護士ですが、ただいま外出しておりまして」

『……。そうですか、わかりました』

わざとらしい沈黙のあと、恐ろしく淡々と草司《そうじ》が答えた。

仕事中と言い聞かせて、つぐみはお決まりの言葉を続ける。

「よろしければご伝言など、あれば」

『昨日も一昨日《おととい》もお伝えしましたが、耳成《みみなり》さんの示談の件。進捗《しんちょく》をお願いします。明日も同じことにならないよう、くれぐれもよろしくお伝えください』

「は、はい……申し伝え、ます……」

『ではまた明日、お電話しますので』

事務的に電話が切れた。ほっとした瞬間、事務机に置いているスマホが震えだす。

おそるおそるスマホを見ると、汐見草司検事からＬＩＮＥ《ライン》がきていた。

メッセージは端的にひとこと。

『今からそっち行く』

これはもう、襲撃予告だ。

つぐみは板挟みのとばっちりである。とほほ、などという女子高生にあるまじき言葉が思わず口から出た。


ことの始まりは、期末試験を無事終えたつぐみが春休みに入る直前のことだった。

正義の同期であり、アルバイトの大介《だいすけ》の祖父でもある墨田雄大《すみだゆうだい》弁護士が、突然吾妻《あがつま》法律事務所にやってきたのだ。

「こんにちは、つぐみさん。大介がお世話になっています」

帽子を軽くあげて、雄大が茶目っ気たっぷりに挨拶《あいさつ》した。春らしい明るい色合いのトレンチコートと帽子の組み合わせは、まるで映画に出てくる英国紳士のようだ。

背は高く、体つきは老人とは思えないほどがっしりしている。大介と同じく雄大はスポーツマン——というか、空手の有段者である。刑事専門の弁護士事務所を経営していたゆえの自衛か、それとも趣味か、確認したことはない。

「どうされたんですか、急に。あ、大介さんなら今日は休みで」

「いえいえ、あの子に用事があるならきちんとSNSで連絡しますよ」

しゃべり方はおっとりと紳士的だが、雄大は最先端の機器をも使いこなす人物だ。そうでないと、どんどん複雑化する刑事事件についていけないらしい。

「今日は一件、刑事事件をそちらに譲りたいと思ってお邪魔させてもらったんです。正義君は今、ご在宅ですかな？」

「あ、はい。玄関先で失礼しました、どうぞあがってください。おじいちゃん！」

呼びかけてから、雄大のうしろに誰かもうひとりいるのに気づいた。

(ああ、しまった。もうお客さん、つれてきてはったんや)

雄大だけならともかく、客の前で『おじいちゃん』は失敗だ。

じっくり相手を見る暇もなく、急いで中へと案内し、お茶を用意する。執務机で新聞を読んでいた正義は、雄大を見るなり嫌な顔をしたが、お客さんの紹介とつぐみがつつくと、渋々相談室へ入っていった。

(墨田先生の紹介かあ。やったらちゃんとしたひとやろな)

そう思ったのだが、甘かった。墨田雄大弁護士は吾妻正義弁護士と同期で、かつ、数少ない友人という事実に対して警戒心がなさすぎた。

「耳成一鉄《いってつ》さんとおっしゃいます」

お茶を相談室に運ぶ際になって初めて真正面から見た客は、工事現場の作業着にジャンパーを羽織っただけの、高齢の男性だった。いかにも頑固親父です、といったような風体だ。しかし、黒い毛糸帽子から薄くなった毛が少しだけはみ出ていて、どこか物悲しい。

相談室で茶を出すなり、熱いだろうにそのまま一気飲みされて、つぐみはすぐ湯飲みをさげてもう一度用意せねばならなくなった。

「先ほど釈放されたばかりでして、そのままお連れしました。ということで、あとはお願いします、正義君」

唐突にきびすを返した雄大を追いこし、正義が相談室の入り口に仁王立ちで立ちふさがった。

「ちょい待て、墨田。いきなりきて客を置いて帰るて、どういう了見や。説明もなしか」

「もう私は一線をしりぞいた身ですしねえ、正義君のほうが適任かと」

「お前がそないに謙虚なこと言うときはろくなことやあらへん！　っていうか、今までお前がしたことでろくでもなかったことがあらへん！」

「これは手厳しい。でも、やはり正義君が適任だと思うのですよ。耳成さん、まだ起訴はされてないんですが、担当検事は汐見草司検事です」

正義が、つりあげていた眉をぴくりと震わせた。

「事件自体は単純明快なものです。容疑は器物破損。いわゆる近所トラブルというやつでしてね。耳成さんは若い頃は腕のいい鳶《とび》職で、稼ぎのわりにずいぶん質素倹約して暮らしておられたようで、マンションをお持ちです」

つまり耳成は財産がある、ということを雄大は暗に告げている。さすが弁護士、正義がどう言えばゆらぐかをよく知っている。

「耳成さんは自分のしたこと自体は認めておられます。が、自分が罪に問われることはどうしても納得がいかないと仰《おつしや》っておられる。相手が悪いのに、と。汐見検事にそれを認めさせられるのは、正義君しかいないと私は思ったのですが」

「それやったらしゃあないな！」

雄大を快《こころよ》く見送った正義は、すっかりご機嫌だ。

私選弁護人につくための諸々《もろもろ》の手続きの指示をつぐみに出し、雄大から預かった資料はそのまま持って、うきうきと相談室に戻っていく。

（……大丈夫かなあ）

耳成に出す新しいお茶を淹《い》れたつぐみは、それを追うようにして相談室にそうっと顔を出す。

「失礼しま――」

「儂《わし》は、断じて、悪くないッ!!」

びりびりと空気を震わせる耳成の大声が響いた。

「悪いのはあちらだ！　子どもがぎゃあぎゃあと泣きわめく！　ひどいときは朝から晩まででひっきりなし、夜は眠れんくらいの騒音だ！　しかも、何度も注意したのにちっとも改善せん！」

大音量で説明をする耳成に正義が目をぱちぱちさせている。

「逮捕された日もそうだった！　いい加減にしろと怒鳴りこんでも返事もせん！　呼び鈴を何度も殴っていたら壊れたらしいが、知ったことではない！　壊れた呼び鈴が悪い！気づいたら警察につかまっていた！　以上だ！」

「……お、おう。簡潔やな」

圧倒されたように、正義が頷《うなず》く。それでやっとつぐみも、自分がお茶を持ってきたことを思い出した。

「あの女どもは、絶対に許さんぞ！　なぜ儂がつかまるんだ！」

お茶です、とおそるおそる言い置いて二杯目を置く。

そうするとやっぱり耳成は一気に飲み干して、からにしてしまった。

「……あー……確かに、お前さんがゆうてるようなことが書いてあるな。自宅マンションの上の階に住む住民との騒音トラブル……警察が三日間騒音計測したところ、普通の生活音の範囲をこえない……あかんやんか」

ぼそっと正義がつけたしたつぶやきは聞こえなかったふりをして、つぐみは三杯目のお茶を用意することにした。

「あかん!?　それはどういうことだ！」

「ま、まあそう大声で怒鳴るなや」

「これが普通の声だ！　むしろさっきからそちらは、ぼそぼそと何を……む？　あ、ああ申し訳ない。補聴器がずれていた」

「……補聴器？　耳が悪いんか」

「今年で七十だ、目も悪い。老眼だな。それで……なんの話だったか」

一気飲みするなら熱くないほうがいいだろうと、常温のペットボトルのお茶をグラスに入れて再びつぐみは相談室に入る。

「ああ、そうだ。弁護士の先生に、つかまった日のことを話せと言われておった。儂は何度も注意していたんだ、マンションの管理人にも苦情を申し立てた。だが皆、儂がおかしいというばかりで話にならん」

「そうか……」

やっとお茶をひとくち飲んだ正義が、額に拳《こぶし》を打ちつけて唸《うな》る。

「嫌がらせか、墨田……！」

「す、墨田先生、嘘《うそ》は言ってへんで……！」

「そういう問題ちゃうわ！　負け戦《いくさ》やろうが！」

こっそり耳打ちしたが、慰《なぐさ》めにはならなかったらしい。きっと正義は正面を向く。

「確認させてもらうで、耳成さん。あんたは、耳が悪いんか」

「ああ」

「最近、物忘れが激しいとかは？」

「あるな。立ちあがったところで何をしようとしたか忘れるなんて、しょっちゅうだ。若い頃にもあったから、よくメモをとっている。問題ない」

そういうことではない、と本当は正義は言いたかっただろう。

騒音トラブルは通常、本当の発生源がどこなのか、という問題が出てくる。だが耳成はそれ以前だ。

耳が悪くて、物忘れが激しい。軽い認知症になっていてもおかしくない年齢だ。

そんな人物が訴える騒音被害を、果たして信じていいのか。

「警察の測定では騒音は出てへん。――それでも、あんたは上の階から、眠れんほどの騒音が出てたゆうんやな?」

「ああ、そのとおりだ。嘘はついていない!」

堂々と言い放った耳成の顔はゆがんでない。嘘はない。つぐみが教えずとも、正義はわかっただろう。

だが、嘘はあくまで主観だ。たとえ現実が違っても、耳成が本気で信じていれば、嘘などない。つぐみの目で見抜くことはできなくなる。

「おじいちゃ……せ、先生」

まだ私選弁護人の手続きはすませていない。引くなら今だと忠告したつもりだったが、正義はじっと下を向いていた。雄大が持ってきた資料だ。

「……あんたこのマンションに、住んでるんか」

住所の部分を指先でなぞっている。耳成が頷いた。

「おう。二十年ほど前に購入した。ローンも終わってほっとしたところだ」

「そうか……つまりあれか、どいつもこいつも儂に負け戦でもせえゆうんか。冗談やない」

ぶつぶつわけのわからないことを言ったあと、正義が拳を握った。

「わかった！　引き受けたる！」

「おじいちゃっ……！」

お盆を持ったまま、つぐみは慌《あわ》てて自分の口を自分でふさいだ。お客さんの前だ。

耳成はつぐみなど目に入っていないのか、厳《いか》めしい顔で何度も頷いた。

「墨田の先生が、吾妻先生ならそう言ってくれると言っていた！　せっけんとやらで、何度か他の弁護士とも話したが、どいつもこいつも儂の勘違いだ謝れと言うばかりでまったく話にならなんで、うんざりしておったのだ！」

やっと思い出したように、耳成が帽子をはずす。そしてきっちり頭をさげた。

「お願いします、先生。どうか、儂の無念を晴らしてやってください！」

「おう、まかせとけ！　なんかさがしてどうにかしたる！　見とれやあ墨田に草司！」

かくして、社会正義などかけらもない投げやりな刑事弁護が始まった。ある意味、いつものことである。

「俺、けっこう偉いと思うねん。吾妻先生」

アルバイトを始めた頃と真逆のことを突然大介が言いだしたので、つぐみはなんの前触れかと警戒してしまう。

「どうしたん、いきなり……まさか事務所やめるとか言い出さんやんな⁉」

「……たまにやめたほうがええと思うところはあるけどな」

「やめて！　少なくとも今は投げださんで！　それにほら、うちには借りがあるやろ！」

「あんたもすぐそういう話にもっていくあたり、吾妻先生の孫やんな……。そうやのうて、吾妻先生、ちゃんと調べたり現場見たりさせるやろ。全部人まかせやけど……そのへんは年齢も年齢やしな。器物損壊とか軽い犯罪やと、そこまでせん弁護人も多いらしいで。じいちゃんがよう怒ってるわ」

「へえ……」

「ま、普通は謝罪文作って被疑者に判押させて弁償金払って示談金交渉して、不起訴にしてしまえば終わる仕事やしな」

雑談しながら大介は片手に持ったスマホと目の前のマンションを見比べる。

「ここや、耳成さんのマンション」

丸太町通《まるたまちどおり》を走るバスを降りて、さらに北上した住宅街に、事件現場である耳成の住むマンションはあった。五階建てのマンションはすでに築二十年をこえているはずだが、外装の壁を塗り替えているのか意外とこじゃれている。周辺はすぐ近くに嵐山《あらしやま》という観光地があるとは思えない閑静《かんせい》さだ。ぐるりと見回すと、いつもより山が大きく見えた。マンションの背後にあるのは高雄山《たかおやま》だろうか。マンションには近くの駅名ではなく高雄の名前がついていた。

かといってつぐみの知識だと、高雄山の名前で出てくるのは、川床《かわどこ》なのだが。

「……大介さん、川床行ったことある？」

「なんやいきなり……あるで、一応。大学の呑《の》み会で、鴨川《かも》。いちばん安いからな。あとは子どもの頃、じいちゃんの宴会で連れてかれたのがたぶん……貴船《きぶね》な気が……」

「わたしと同じや。わたしも子どもの頃、おじいちゃんに連れてってもらったと思う……貴船の川床の値段知っとる？」

「……寒かったしか覚えてへんから……」

そっと顔をそらすあたり、相場は知っているのだろう。子どもの頃はなんでもないと思っていたことが、成長してその価値を知り、少々青ざめるのはよくあることである。

雑談をしつつ、まずマンションの管理人室へと向かった。あらかじめ訪問の連絡はしていない。こういう現場を調べるとき、準備をしていてほしいときとそうではないときがある、というのが正義の持論だ。

そして事務員であるつぐみを放りこむときは、準備をさせずに何かつけこめるネタをさがしてこい、という指示でもある。

つぐみ自身の嘘を見抜く目を正義があてにしている——というよりは、打つ手がなくて追いつめられているのが本音だろう。

（毎日、草ちゃんから電話きてたもんなあ……しかも『今から行く』やし）

それを聞くなり、正義は前任者である雄大のところへ聞き取りに行くと称して、おそらく逃げた。そしてバイトにきたばかりの大介に、つぐみと一緒に耳成のマンションに行って事件の聞き込みをしてこい、と命令したのである。

つまり、事務所には今、誰もいない。電話も留守電まかせだ。

無駄足に終わったことを知った草司はどう出るだろうか。とりあえず、緊急避難としてスマホの電源を落としておくことにした。

「すみませーん」

マンションのエントランスに入ってさらに奥、管理人室とある窓口に大介がまず声をかける。はいはい、と何やら面倒そうな声で女性が顔を出した。くるくるパーマのかかった頭に、濃い口紅の色。大介に渡された名刺を金色の鎖がかかったおしゃれな眼鏡をかけて、じろじろ眺めている。

「四階の耳成さんの件でうかがいました。私達はこのたび、耳成さんの弁護人になりました吾妻正義の事務所の者で――」

大介が話し終えるまえに、ばんと窓口の窓を閉められてしまった。

ぽかんとしていると、透明な窓ガラスにはばまれてくぐもった声が聞こえる。

「あの厄介《やっかい》なじいさんの弁護士⁉　冗談じゃない、こっちにゃ話すことなんかなんにもありゃしないよ！　ただでさえ警察の対応やら何やら、うんざりしてるんだ！」

「……耳成さんが壊したというインターホンの弁償代のこともありますし、弁護士はぜひお話をしたいと思っておりまして」

「だったら十万よこしな！　迷惑料こみだよ！」

「インターホンの修理代は四万円弱と検察の資料から拝見しました。修理代の請求書などありましたら、見せていただけると助かります」

事務員の分をこえた大介の話に、つぐみはびっくりしてその横顔を見た。

「なんだい、墨田と同じようなことを言って」

管理人の女性から出てきた名前に、さらに驚く。そちらは大介も予想外だったのか、黙ってしまった。

「いいかい、耳成から迷惑うけてんのはこっちだからね。あの耳ナシ爺《じじい》、自分が正しいって譲りやしない。昔からそうだよ、協調性ってものがかけらもないんだ。耳の遠いボケた老人に自治会でも散々わめかれて、みんなうんざりしてるんだよ」

「……その、自治会では何か話し合いなさったんですか」

「葛葉《くずは》さん、可哀想《かわいそう》に謝りっぱなしだったよ。足音がしないようリビングに防音マットとかしいてね。私も確認したさ」

葛葉というのは、耳成がうるさいと苦情を申し立てた一家だ。いわゆる被害者、耳成のちょうど真上の部屋に住んでいる家族である。

「母親ひとり、小学生になったばかりの娘ひとりの家庭だよ。そんな家庭にあんな文句つけるなんてね！　そもそも言ってることからおかしいんだよ、パートと学校で誰もいないはずの日中から、男の子の泣き声がうるさいなんて」

つぐみと大介が顔を見合わせると、ふんと管理人は鼻を鳴らした。

「あんな爺の言うこと真に受けるだけ、馬鹿《ばか》をみるよ」

「女の子しかいないのに男の子の声……確かにおかしい、ですね……幽霊でもあるまいし」

何気なくつぐみはつぶやいただけだが、管理人の女性の顔色が一気に変わった。怒ったというより青ざめている。脅《おび》えているみたいだ。

「――冗談でも言うんじゃないよ！」

「えっ」

「幽霊なんていないよ、私らはなんにも悪いことなんてしてないんだ！」

そらす視線の目元から、鼻から、どろりと顔がとけていく。つぐみが驚いている間に、管理人の女性は管理人室の奥へと引っこんでしまった。

今の言葉は、嘘だ。ただそれをもし暴くとしたら――何か悪いことをして、幽霊がいるという解釈になってしまう。

大介とふたり、ぽかんと立ったままつぐみはつぶやく。

「……ええー……幽霊って、ほんまに……？」

「やめろ。そういうん、俺、苦手なんや……」

大介がぶるっと震えて両腕で自身を抱きこむ。つぐみは苦手ではないが、さすがに自分が見たものを否定したい気分にはなった。

（耳成さんが聞いた騒音が幽霊やとか……いくらなんでもなあ）

管理人の女性が出てきてくれる気配がないので、エントランスへ戻る。

すると、買い物帰りらしき女性がポストを見ていた。

「あの！　すみません、ちょっといいですか」

おい、と大介に引き止められたが、気にせずつぐみは女性に走り寄る。

「実は、春休みの自由研究で、友達と地元の都市伝説を集めようって話になって、わたしこのあたりの地域担当なんです」

「はあ……」

「それで、このマンションに幽霊がどうって話があるって」

「知らないわ」

つぐみの話をさえぎるように否定した女性の、きつい眼差《まなざ》しが横にのびてゆがんでいく。

嘘だ。

「幽霊なんて。そういうの、風評被害になるんじゃないかしら。どこの学校？」

「……あ、あの、わたし……」

「失礼しました、おい、行くで」

大介がやってきてつぐみの腕を引っ張り、マンションの外へと連れ出す。女性はじっとそれをにらんでいたが、ぷいっとマンションの奥へと入っていった。

少し離れた場所で大介が足を止め、女性がもう見ていないことを確認して嘆息する。

「なんでいきなり幽霊とか言いだしてるんや、あんたは。ただでさえ警察沙汰《ざた》が起こってぴりぴりしてるんやろ、マンションのひとら。そこに幽霊とか、事故物件やゆうてるようなもんやで。そら怒られるわ」

「……嘘や」

「当たり前やろ、幽霊なんていてたまるか」

「わたしもそう思うけど……」

だが、マンションの住民は、幽霊の騒音なら身に覚えがあるのだ。

「……どうせやし調べてみいひん？　幽霊」

「本気か？　幽霊やで？」

大介の言うことはもっともだ。だが、この事件はマンションの近隣トラブルである。情報は多いほうがいい。

「少なくとも管理人さんの、あの過剰反応はおかしいと思わへん？　耳成さんが男の子の声が聞こえるゆうてることに、いちばん怒ってるみたいやった。そこにこだわって耳成さんの苦情なんて、まともに聞いてへんかったんちゃうかな」

「それは……ありえるやろな。なんや別のことを気にしてなんか隠してまうってのは、ありがちな行動や。でも、それが幽霊って……」

「パートに行ってはるなら、被害者の葛葉さんは今、部屋におらへんやろ。せっかくここまできたんや。周囲のひとにも、色々聞いてみよ」

あのマンションの女性の反応から察するに、マンションの住民は教えてくれないだろう。

耳成に聞いてもいいだろうが、それだけだと今ひとつあやしい。

時間つぶしだと、最終的に大介もしぶしぶ同意してくれた。ただし、大学のサークル研究にしたほうが苦情がきにくいだろうということで、大介主導だ。

とはいえ、そう簡単に話が聞けると思っていなかった。なにせ幽霊だ。

しかし、意外とすぐに幽霊話に行き着いてしまった。

「あのマンションでしょ、聞いたことあるよーお母さんからだけど」

コンビニの前でおしゃべりしていた女子高生達だ。部活が終わったあとの寄り道らしく、制服姿である。背の高い大介が珍しいのか取り囲んで、交互に話してくれた。

「ずいぶん前に、なんか色々事件があったんだって。マンションで自殺事件」

「そうそう。母親と男の子が住んでたんだけど、母親のほうが首吊ったんだって。ここ普段静かっしょ？　けっこー騒ぎになったらしいよ」

「それであのマンション、住民が半分くらい入れ替わったり色々あったらしーよー。だから禁句なんだって。あそこに住んでる子が言ってたよ。ってか大学のサークルってそういうこと調べるんだ？」

いささかぎこちなく、大介が頷く。

「あ、ああ……ええと、じゃあその。自殺の原因って……」

「あのマンションに住んでるヒト達から総出でいじめられて自殺したんだって。そりゃ、隠すよねぇ」

　ダンカイセダイってヤバイーと、女子高生達は無邪気に笑って教えてくれた。


　それで、と事務所の玄関前で仁王立ちした草司が、先をうながした。

「耳成一鉄の住むマンションに行って幽霊の噂《うわさ》があることを突き止めました！って報告するつもりなんか？　明日、担当検事の僕に？　ふざけるな」

　もしここが畳の上なら正座していただろうなと思いながら、つぐみは首をすくめて一応言い返す。

「……草ちゃん、なんでここにおるん……もう夕方やで。まさか朝からずっと、事務所見張ってたん……？」

「安心せえ、今きたとこや。僕かて異動したばっかりで色々忙しいんや」

「えっ草ちゃん、まさかついに検事、クビになるん⁉」

「誰がや！　公判部から刑事部に異動になっただけや」

　公判部はその名のとおり、公判、すなわち裁判を担当するところだ。刑事部はその手前にあたる、起訴や捜査を担当しているところになる。

つまり、検察庁内での部署の異動だ。

「今から行くゆうたらすぐどこぞに逃げるやろ、先生は。なら、夕方のほうが事務所にいるとふんだんや。しかしさすが、先生は営業時間は帰ってきいへんつもりやな」

「さすがの使い方おかしないですか、それ。とりあえず中に入ったらどうです」

先に事務所の鍵をあけて入った大介が、中から助け船を出してくれた。そのうえ、草司とつぐみに、冷蔵庫からペットボトルを出してそれぞれ渡してくれる。

事務机に座って留守電の数を確認すると、そんなに多くなくてほっとした。今日の郵便物とたまっているファックスを持って、大介も隣の席に座る。

草司も向かいの事務机に陣取り、ペットボトルのふたをひねった。

「ほんまに墨田先生のところに行ってたんやったら、今頃先生はやり込められてるな。ええ気味や」

「え、吾妻先生を？　……俺、じいちゃんが怖い」

「あっそうや！　今ちょうどええやん！」

「なんや、耳成さんの件ごまかす気なら許さんで」

「そうやのうて！　草ちゃんのお父さんの件！　ちゃんとまだ話してへんかったやん、大介さんも調べてくれるて！」

それとなくお互いに伝えていたことではあったが、顔を合わせてちゃんと確認する機会がなかった。

「……ああ……無理ない範囲で頼むわ」

「あ、はい」

「ってなんなん草ちゃん、そのやる気と感動のない態度！　大介さんももっと恩着せてぇえんやで！」

怒るつぐみに、草司と大介が互いに目配せし合う。

「だって、予備試験あるんやろ。そっち集中せなあかんやないか」

「すみません、それからで……」

「緊迫感がない……！　おじいちゃんも墨田先生も汐見司《つかさ》検事について調べるの、反対してるんやろ？　その目をかいくぐってわたしらで真相を暴くんやで！　時間がかかればかかるほど証拠や証人かていなくなるのにー！」

「今更、緊張も焦りもあらへんわ。墨田先生には世話になってるしな。迷惑かけたない」

今度はつぐみが大介と目配せし合うことになってしまった。

「……えっ、でも待って草ちゃん。なんでおじいちゃんはそこに含まれてへんの？」

「先生は僕をおちょくって遊んどるやろ。あの真っ白な記録は忘れん」

うちの祖父がすみませんという気分になったので、今日の郵便物をすべて開封して整理している大介を見習って、ファックスの束をそっと手に取る。

「そういえば、汐見さんの後見資料て見つからなかったんですっけ。うちも記録の倉庫あるけど……鍵を管理してるの、じいちゃんやしな……」

「それって草ちゃんのお父さんの弁護記録?」

「公判記録なら検察庁にあるのを見たことあるから、無理せんでええ。それよりも、今てがけてる事件をまず解決してもらおか、吾妻法律事務所には」

話をごまかすのは限界のようだ。草司ににらまれたつぐみは、作り笑いを浮かべる。

「そう事務員に言われても……でも耳成さん、嘘は言ってへんで!」

「耳が悪くて、少し物忘れも多くなってきてるけどな」

担当検事の指摘がつらい。横で大介もそっと目をそらしてしまった。

「補聴器が小さな物音を不快な騒音に変換してまうって、あるあるらしいな。警察での計測は問題ないし……」

「で、でも! マンションのひとらは、幽霊を信じてなんか隠してるで!」

「……マンションの昔の事件ならこっちも把握《はあく》してる」

草司がペットボトルを片手で持って、つぐみを指さす。

「確かにその一件で耳成さんとマンション住民の折り合いは悪い。でも、それで計測結果や葛葉さんが防音のために色々してたことはひっくり返らへん。ついでに言うなら葛葉さんが越してきたのは最近やで。昔の一件とは無関係や」

「でも……なんか、あるかもしれんやん！　検察はなんとも思わへんの？」

「なら、幽霊が騒音起こしてインターホン壊しましたて起訴状に書けゆうんかいな。検察なめすぎやろ」

起訴、という言葉につぐみが黙る。大介が冷静に質問した。

「示談で起訴猶予《ゆうよ》じゃなく、起訴する可能性があるんですか？」

「さっきもゆうたけど、耳成さんはマンション側との折り合いが悪い。被害者の葛葉さんは母娘のふたり暮らしやし、ずいぶん怖い思いしたてゆうて、厳罰を望んでる。……あの勢いやとたぶん……」

奥歯に物の挟まったような言い方だ。コピー機レンタルやパソコン購入の広告ファックスを捨てる手を止めて、つぐみは草司を見る。

だが草司は途中でやめてしまった。

「まあええわ、こっちが助言する必要ない。謝罪文出させるならはよしてくれって、せめて方針をどうするんか連絡するよう先生にゆうてくれ。でないと知らんで」

「だから事務員にゆうても……ん？　なんやろこれ」

やっと出てきた仕事用らしき文書に、つぐみは手を止める。

差出人は向かいのあの、英語でかっこいい事務所名の弁護士法人からである。つい先日、大賀亜美《たいがあみ》さんの件で一瞬だけ相手方だったわけだが、弁護士対決になる前に話が終わってしまった。

もうすでに事件は終わっているはずなのになんの用事だろうか。

警戒しつつ、目を通す。そして首をかしげた。

「……大介さん、これ何かわかる？」

刑事事件に詳しい大介に解説してもらおうと、横に差し出す。大介は手に取るなり、顔をしかめた。

「……葛葉さんの弁護士に受任……被害者参加みすえてやな、これ」

「え？　え、被害者参加⁉　まだ起訴もされてへんのに」

「起訴のプレッシャーかけるためにうちも引き受けたりするで。起訴前でも、示談を有利に運んだりできるしな」

「……だからゆうたやろが、はよせえて」

ペットボトルのふたをしっかりしめて、草司がスプリングコート片手に立ちあがる。

思わずつぐみも席を立った。

「でもこれ、耳成さんにマンションからの退去求めてるけど⁉」

「民事でやるんやろ。刑事やと罰金で終わるから。でも、こういう事案やとようあるで。自分が出て行くか向こうが出て行く金を負担するか色々やけど、普通、ここまでこじれたら近くに住んでられへんからな」

警察沙汰のご近所トラブルの最終的かつ最適な解決法は、離れることだ。草司は間違ったことは言っていない。

「でもこれで、先生も逃げられへんやろ。ちょうどえんちゃうか」

「帰ったで、つぐみ。……なんや、草司おるんか」

いいのか悪いのかわからないタイミングで、正義が帰ってきた。草司が腕時計を見る。

「事務所の営業時間内に帰ってくるとは思いませんでした。ついに逃げる先がなくなったんですか？」

「なんで儂が逃げるんや」

「どう見ても逃げられてましたが」

半眼になる草司に、正義がいけしゃあしゃあと鼻を鳴らす。

「それはお前の思いこみや」

「……。そうですか、へえ。それじゃあ今すぐ耳成さんの一件に関する進捗報告をお願いできますか。弁護の方針を」

「なんでそんなもん検察官に教えなならんのや、帰れ」

「おじいちゃん！　それより、これ」

草司の額に青筋が浮いていくのを見たつぐみは、慌てて間に入って、正義に先ほどのファックスを押しつける。

ちらと一瞥《いちべつ》した正義は、ふうんとつぶやいて、すぐにつぐみにファックスを押し返し、大介に声をかけた。

「この弁護士に電話して、協議する日程調整しといてくれ」

「いいんですか？　ぶっちゃけこっちまだ何も準備できてへんのに……」

「ふん、儂は動かんことで相手の出方を見てたんや！」

堂々と胸をはって正義がふんぞり返る。まったくゆがまないその顔に、つぐみの頬《ほお》がひきつった。

「絶対に口からでまかせやのに、本人が嘘やと思ってへんのがすごい……」

「たった今、嘘やなくなったんやろ。そういう弁護士や、先生は」

「検事のお前に教えることなんかなんもないで、草司。はよ出て行け。それとも検事やめさせられたいんか？　検事やめてつぐみの婿《むこ》になって、弁護士やるゆうなら、ここにおってもええで」

不敵に笑われた草司が嘆息する。そして持っていたコートを羽織った。

「……頼みますよ、吾妻先生」

含んだ言い方に、つぐみは違和感を覚えて振り返る。だが草司はコートの裾《すそ》を翻《ひるがえ》して出て行ってしまった。

（……草ちゃん、検事の仕事してるとき、あんなお節介やったっけ？）

正義に呆《あき》れたり怒ることは珍しくないが、いつもならもっと容赦《ようしゃ》がない。それこそ反省が見られないと、粛々《しゆくしゆく》と耳成を起訴していてもおかしくない展開だ。

受話器をあげた大介が、正義に確認する。

「それじゃあ、葛葉さんの弁護士に電話しますけど……なんか策はあるんですか？」

「そんなもん、相手の出方を見て決めるに決まってるやろ」

――いや、行き当たりばったりな正義の弁護方針に振り回されたくなくて、慎重に確認しているだけかもしれない。

ひどい正義の回答に、うっかり草司に同情しそうになった。

「お世話になります。先生の噂はかねがね聞いておりました」

協議当日やってきたのは、さわやかな笑顔の青年だった。弁護士というより、青年実業家のような出で立ちだ。スーツではなく、黒のタートルネックにグレーのテーラードジャケットとそろいのテーパードパンツ。靴はローファーだ。

若手弁護士といった気負いもないようで、いかめしい顔で出迎えた正義にさっと名刺を出して、先に挨拶をする。

「愛場光里《あいばひかり》と申します。若輩者《じゃくはい》ですが、よろしくお願いいたします」

「──あんたがあの……長い横文字事務所の所長なんか」

名刺を見た正義が何気なく失礼なことを言うが、愛場はまったく気にかけず、白い歯を光らせて笑った。

「はい。『弁護士法人One for all, All for one』──ひとりはみんなのために、みんなはひとりのために。これを事業ミッションとし、複雑化した現在の社会のビッグイシューにフルコミットしていく、そういう弁護士事務所を目指しております」

「……」

「事務所のローンチにあたって先生のメソッドはフィジビリティスタディさせていただいておりました。スーツではなく私服なのも、着物で法廷に現れるという先生をロールモデルとしてベンチマークしたんです。せっかくのこの機会、いっそうのメイクセンスを得たいと思っております」

「お前のゆっとることがさっぱりわからん、日本語しゃべれ」

ずばっと正義が言い切った。ああ、と愛場はやはり気にした様子もなく笑う。

「失礼いたしました。つい、興奮して。先生の弁護士としての活動には常々感服しておりました、本日はよろしくお願いします、ということです」

「ならそう言えばええだけやろ、まどろっこしい。そっちが葛葉さんか」

正義が愛場のうしろに控えている女性を見て確認する。はい、と愛場が頷いた。

小柄な若い女性だった。薄桃色のワンピースがよく似合っている。まだ二十代ではないだろうか。

「葛葉有梨《ゆうり》さんです。耳成一鉄氏の、被害者の」

「そうか。吾妻正義や。耳成一鉄さんの弁護人やっとる。よろしゅう頼むわ」

「よくあんな老人の弁護ができますね。恥ずかしくないんですか」

細身の女性から突然飛び出た嘲《あざけ》る声に、つぐみはお茶を淹れていた手を止める。

「それが弁護士の仕事やからな」

正義は冷静にそう答えた。葛葉の目が丸くなったあと、汚らわしいものでも見る眼差しに変わる。

まあまあと取りなすように、愛場が声をあげた。

「話はこれから。そろそろ時間です、オンスケでいきましょう」

正義達が、衝立《ついたて》の向こうの相談室へと入っていく。お茶を出し終えたつぐみはさっそく衝立の隙間《すきま》から相談室を覗《のぞ》きこんだ。

(今日は大介さんおらへんし、電話とか邪魔が入りませんように！)

今のところ、耳成の現状をひっくり返せる事情はまったく見つかっていない。出てきたのは怪談のもとになった昔の自殺事件と、幽霊だけだ。

ここで葛葉から何か聞きだすかできなければ、完全に詰む。

「耳成さんに請求するのは示談金だけやない。マンションからも出て行ってくれて、そっちはゆうんやな」

「当然です。あんなひとが下の階にいるなんて、耐えられません」

正義に答えたのは、弁護士の愛場ではなく、葛葉のほうだった。

「あの部屋を売り払って出て行けばいいじゃないですか。示談金だって十万二十万が相場って聞いたけど冗談じゃありません。こっちは一年近く、ずっと耐えてきたんですよ。ことあるごとに騒がれて……一千万もらったって気がすまないわ」

「耳成さんからは、寝ることもできんくらい騒音がひどかったて聞いとる。そのへん、あんたは身に覚えはないんか」

「あるわけないじゃないですか」

ぎょっとするほど醜《みにく》く、葛葉の顔がゆがんだ。

「そもそもありえないでしょう、男の子の泣き声なんて。うちには娘しかいないんです」

ぐにゃぐにゃ口端が曲がったり目が曲がったりして、本当は憤慨《ふんがい》しているのだろうに笑っているように見える。

思わずつぐみはぐるりと背を向けて、いったん深呼吸した。

（……。まさか、ほんまに男の子の幽霊がいるとか言わへんやんな……？）

騒音にも、いるはずのない男の子の泣き声にも、葛葉は覚えがある。幽霊でも幽霊じゃなくてもなんだか怖くて、セーターの下の肌が粟立《あわ》ってしまう。

「今すぐ、お金を払って出て行ってください。謝罪もいりませんので」

「ゆうてもな、耳成さんはもう働いてへん。しかもあの歳《とし》や。次に住むところ見つけるのも時間かかる。それに今は下に住んでても、接触はないんやろ？」

「そういう問題じゃないでしょう！　こっちはまたいつ騒ぎだすか怖いんです。こんな事件まで起こして、出て行かないほうがどうかしてます。マンションの人だって全員出て行ってくれって思ってるのに」

耳成が怖いのは本当なのだろう。葛葉の顔はゆがんでいないが、声がどんどん大きく、荒くなっていく。普通こういうときは弁護士同士で話をするのだが、愛場は何を考えているのかにこにこ笑って見ているだけだ。

「知ってますか。あの人、変質者なんですよ。小学生の女の子つけまわしてたって噂になってました。私の娘もつけられたことあるんです。まだ犯人はつかまってないんですけど、絶対あの人に決まってます」

ぐにゃぐにゃとまた葛葉の顔がゆがみだした。わかりやすい、悪意からの嘘だ。

「本当は騒音なんてなくて、娘を狙ってるんですよ！　どう責任とってくれるんですか弁護士は！　娘に何かあってからじゃ遅いのに！」

「まあまあ、葛葉さん。落ち着いて。ここは僕が話を」

やっと愛場が口をはさんだ。それで葛葉の興奮と顔のゆがみがおさまる。

「おわかりいただけたでしょうか、吾妻先生。彼女の脅えと、怒り。ソリューションの提案前に、先生が彼女のヒアリングをすることがマストだと思いました」

「……儂に話を聞いてほしかったゆうことでええか？」

「そうです。もちろん、先生には先生の立場がある。ですが、もうそろそろ判断をくだすフェーズでしょう。葛葉さんとその娘さんの安全を守る、敵同士とはいえ弁護士である以上、プライオリティの高い事項であると先生だってアグリーするはずだ」

「何ゆうとるんかさっぱりわからんけど、そっちが持ってきた示談書にサインせえゆう話やったら、せえへんぞ」

調子よくしゃべっていた愛場がぴくりと眉を動かし、止まった。

「一千万とか、相場から高すぎるのにもほどがあるやろ」

「先生をリスペクトしておりますので」

ふっと正義が笑った。

「今の意味はわかったで。喧嘩《けんか》売られてるんやな」

「そんな。ただ我々は互いに――」

「一千万か。興味本位で聞くんやけど、それもらってどうするんや？」

ふてくされたような顔で黙っていた葛葉が、突然正義に話をうながされて驚いたように顔をあげた。

「ちょ……貯金します。娘もこれからお金がかかりますので」

「一千万やで？　引っ越しやのうて？」

「な、なんでうちが引っ越さないといけないんですか」

「自分が悪くないゆうても、警察沙汰起こしてしもたマンションや。住みにくいんは、耳成さんだけやのうて、あんたも同じちゃうかと思てな」

「み、耳成さんと違って私はマンションの方々とうまくやってますので。引っ越したくありません」

嘘ではないが、どこかぎこちない答えだ。隣から愛場が頷いた。

「お隣の方とか、よくしてくださってるんですよね。もし訴訟になるなら、いかに耳成さんが迷惑な住人だったか、しつこい苦情を繰り返していたか、法廷で証言してくださるとのことでした。あいにく、反対の隣室は誰も住んでいないようですが」

「え、ええ……隣は、空き部屋なので……」

「へえ。またなんでや」

「……幽霊が出るとかなんとか噂があります。なんだか昔の事故物件だとかで、ずっと借り手も買い手も見つからないって聞きましたけど」

ふうん、と正義が目を細めた。愛場が苦笑いを浮かべる。

「話をそらすのは失敗ですね」

「儂は耳成さんが聞こえるてゆう、騒音の話をしてるつもりやで。——そっちの話はようわかった。検察との関係もあるしな、追ってまた連絡させてもらう。一千万なんて現実味なさすぎるわ」

「それはあくまで気持ちとして提示しただけです。今なら百万程度とマンションからの退去で手を打ちますよ」

「それでも起訴されて罰金払うほうが安いやんか」

呆れた顔をしたあと、正義が姿勢を正した。

「依頼者がやったことの責任は取らせる。やけど、それ以上はない。もう少し調べたいことがあってな、儂の結論はそれから出す」

「調べるって……もう警察にも十分調べられました！　これ以上何を調べるっていうんですか、いい加減にしてください！」

怒りだす葛葉に、正義は落ち着いて答える。

「何をて。耳成さんはほんまは何を聞いてたのか、や。あんたは気にならへんのか？」

「あのひとは補聴器をつけてるんですよ!?　なのに」

「ああ、先生。引き延ばしはもうたくさんです。葛葉さんはもう十分に説明も時間も費やした」

今度は葛葉をさえぎり、愛場が明るい笑顔を浮かべた。

「若い母ひとり幼い娘ひとり、女性だけのご家庭をこれだけ脅《おびや》かしておいて、反省の色すらそちらにはない。互いのウィンウィンを目指していたのですが、次のフェーズに移行せざるをえないようだ。——この対応はミステイクです、吾妻正義弁護士。かつて負けなしとうたわれた弁護士のフラッグシップであっても、それは古い時代のこと。コンテンポラリーが欠けたままでは、もう弁護士などと名乗るべきではない」

「なんや。儂を弁護士にふさわしない、ゆうてんのか？」

正義は軽く笑い飛ばしたあと、頬杖をついて愛場に先をうながした。

「で、何が言いたいんや。新しい時代の弁護士さんは」

「こんなことになるかもしれないと、訴状を用意しておきました。話し合いですめばもちろんよかった、だが裁かれるべき人間は裁かれるべきだ。耳成さんへ、慰謝料とマンション退去を求める訴状です。あとは裁判所に提出するだけ。こちらを出たその足で向かいます」

わざとらしく弁護士事務所の名前が入った緑色の封筒を見せた愛場は、机にある手帳や書類を手早く片づけ、鞄《かばん》にしまった。

「では、今度は法廷でお会いしましょう。——帰りましょう、葛葉さん」

「ま、待ってください。まだこの人、何か調べる気だって……これ以上、何を調べるっていうんですか」

「あんたがそうやって隠そうとしてることをや」

　葛葉が凍りついたように動かなくなった。

「普通はな、葛葉さん。近所に変質者が出るようなマンションでさらに警察沙汰まで起こって、一千万もらったら、まず引っ越しを考えるんや」

　正義の目に葛葉は答えられないままでいる。愛場が子どもに向けるようなしかめっ面《つら》で、腰に手を当てた。

「困ります、先生。被害者を惑わすようなことを言うのは。……大丈夫ですよ」

　すがるように愛場を見あげた葛葉は、小さく頷き返し、かき集めるようにして荷物を抱いて、立ちあがった。

　先を行く愛場の足取りに迷いはなかった。葛葉は背後を気にしていたが、結局愛場に続いて出て行く。

　頭をさげてふたりを見送ったつぐみは、きちんと玄関を閉めてから、深呼吸をした。

「おじいちゃん、葛葉さんやけど――」

　施錠《せじょう》前の玄関がいきなり開いた。愛場達が戻ってきたのかと思ったが、立っているのはジャンパーを着た大介だ。

「大介さん、今日休み……」

「先生は⁉　じいちゃんから話聞いて、急いで知らせなと思って……！」

事務所にあがった大介が肩で息をしながら、中へ入っていく。今度こそ鍵まできっちりかけて、つぐみもそのあとを追った。

「なんやなんや、お前いつからそないにアルバイトに熱心になったんや」

「先生、これじいちゃんから！」

相談室から自分の湯飲みだけ持って戻ってきた正義が、大介から茶封筒を受け取る。

「どうしたん」

「じいちゃんが耳成さんの前任者のとき、戸籍とってたのが届いたんや。なんかあったとき連絡つかんかったら困るから、被害者の血縁関係調べようとしたらしくて。葛葉さん、離婚してはって、四歳の男の子がいる」

まさにつぐみが正義に教えようとした、葛葉の嘘だ。

「男の子の親権は父親側にある。でも、小学校にあがるまでは月に一度、十日くらいを目安に葛葉さんとこに面会かねて預けられるって」

「それってつまり、月に何日かは葛葉さんの自宅にいるってこと？　幽霊じゃなくて、ほんまの男の子が、あのマンションに？」

「――大介ぇ。お前のじいさんはさすが、儂なんぞよりねちっこいなぁ」

正義がにやにや笑いながら、茶封筒から取り出したルーズリーフをこちらへ見せた。

「つかまった直後に、耳成から聞きだした騒音のした日と時間や。補聴器つけてる被疑者の騒音被害なんて、普通の弁護人やったら耳も貸さん。けどさすがやで、刑事専門の弁護士は。ぜんっぜん警察を信じてへん」

つぐみはカウンターに置いてあるカレンダーをつかんだ。

ルーズリーフにある日付とカレンダーの日付をつきあわせていく――大体、月頭から二週目くらいまでに偏《かたよ》っている。

「たしか、耳成もメモとってるってゆうてたな。それとも一致するようやったら一気に信《しん》憑《ぴょう》性が増す。騒音被害がいつ起こるんか、絞れるかもしれん」

「でも……どうすんの、これから。葛葉さんの部屋に男の子が出入りしてるからて、防音マットとかあるのは変わらへん。警察の計測結果をひっくり返せる？」

「警察の計測結果がなんぼのもんや、今すぐ騒音を計測できるもんこうてこい！」

「……まさか、泊まり込むつもりなんですか。耳成さんち」

「それしかないやろ！」

ふんと鼻を鳴らし、勝つためならわりとなんでもやる弁護士が胸をはった。

泊まりこみの調査となると、弁護士費用がはねあがる。耳成に了解をもらわないとできないので事情を話したところ、耳成は報酬《ほうしゅう》を含めた言い値で頷いてくれた。

弁護士による体をはった調査にいたく感動したらしい。話を聞き終わったあと、目をうるませて言った。

「先生がここまでやってくれて何も出てこないようなら、諦《あきら》める！　先生にこれ以上迷惑かけんよう、謝罪でもなんでもしたる！」

それを聞いたつぐみは複雑だった。悪いことをしたから謝れと言っても謝らなかった人が、味方がついたことでそう言いだす。自分の非を認め反省したわけではなくともだ。

ひとを動かすのが正論だとは限らない。その難しさに慣れる日がくるのだろうか。

しかも耳成は、正義に説得され、この一件が解決するまでマンスリーマンションを借りることにまで了承してくれた。

検事である草司は正義の調査に反対しなかった。調査は丸三日間、七十二時間だけと区切ったのもよかったのだろう。

愛場も了承と一緒に、「悪あがきですね」というひとことをくれた。耳成への訴状が裁判所を経由して届いたところだったので、もう話は終わったつもりでいるのだろう。マンスリーマンションへ耳成を移動させたのは譲歩ともいえるので、特に反対はされず、日付だけはきっちり教えてくれ、と言われた。

正義が選んだのは、月初めにあたる最初の週末だ。土曜日から始めて、丸三日かけることになる。もちろん、機械を置くだけではない。

「さあ、行こうかつぐみ君、大介君！」

泊まりこみ開始当日、マンションの前で仁王立ちになり、トレンチコートをばさばさ春風になびかせながらケイが立っていた。

「……なんかなあ、こういうとき毎回、絶対出てくるやんなケイさん……」

「今日からよろしくお願いします、芦辺《あしべ》先生」

「大介君は反応が大人になってきたな！　いいね！　司法試験受かったら、うちの事務所にくるかい？」

「絶対嫌です」

「そうかあ、やっぱり子どもだな！」

あっという間に評価をひっくり返してケイがふふっと笑う。

泊まりこみは大介とケイのふたりが担当する。弁護士がいれば、何かあったとき正義の指示を待たず対処できる。春休みなのでつぐみも立候補したのだが、正義に却下され、大介には馬鹿なのかという顔で見られた。

ふたりともつぐみが女性であるということを考慮してくれたのだろうが、なんとなく反応が面白くない。

「ところでつぐみ君、それは？」

「たりんかもしれんけど、差し入れ。カップラーメンとか、日持ちして簡単なやつ。あと豚肉と野菜のスープとか作ってこうと思って、その材料。耳成さんには台所使ってええて言われてるから」

「そこはカレーとかやないんか」

「別に作ってもええけど、ちゃんとお米炊《た》ける？　あと野菜、ちゃんととれる？　カップラーメンばっか食べるんちゃうの」

つぐみの指摘に大介が沈黙した。図星らしい。からからとケイが笑う。

「つぐみ君の差し入れ基準は草司だろう？　相変わらず不摂生に厳しい」

「そういうケイさんはどうなん。あ、調味料ってちゃんとあるんかな……」

「そうだなあ。私、実はそば打ちが趣味でね」

「えっ」

「嘘だよ、さあ行こう」

エコバッグの中を確認していたせいで、ケイの顔を確認し損ねた。呆れてつぐみはため息をつく。つぐみの目のことを知っていて堂々と嘘をつくケイは、大物だ。

ケイは悠々《ゆうゆう》とエントランスの奥へ向かい、ひらひらしたものが袖口《そでぐち》から見える手を持ちあげて、こんこんと管理人室の窓を叩いた。

いかにも迷惑だ、という顔で出てきたのはこの間と同じ女性の管理人だ。

「なんだい、またきたのかい。今度はなんかひらひらしたのも連れて」

「一応、ご挨拶をと思って。弁護士の芦辺ケイと申します。本日より数日、耳成さんの調査で出入りしますので、よろしくお願いいたします。あ、検察や葛葉さんの弁護士は了解ずみです」

「……聞いてるよ。こっちは迷惑さ」

「それはお気の毒だ。そろそろ十五年になるというのに」

さっと管理人の顔色が青くなった。すかさず名刺を窓口から差しこんだケイは、逃げを許さない強い口調で問いかける。

「管理人さん、正直に答えてください。あなたは、葛葉さんのお子さん——男の子を見たことがありますか？」

「な、何言ってるんだ。あそこんちは女の子だろう、ないよ！」

赤く曲がった鼻で、管理人が叫ぶ。つぐみは苦々しい思いでそのゆがみを見ていた。

この目を持っていて嫌になるのはこんなときだ。なんの悪気も罪悪感もなく、平気でひとは嘘をつくのだとわかってしまうとき。

「そうですか、ご存じない。では失礼」

あっさりとケイは引きさがり、きびすを返した。つぐみと大介も頭だけさげて、エレベーターへ向かうその背中に続く。

「相変わらず、感じ悪いな」

つぶやく大介がエレベーターのボタンを押して呼んでいるそのうしろで、ケイが身をかがめてこっそりつぐみに尋《たず》ねた。

「管理人さんは葛葉さんのお子さんを見てたかい?」

つぐみは小さく頷く。そうか、と頷いてケイがまっすぐ背中を伸ばし、到着したエレベーターにいちばん最初に乗りこんだ。

「見て見ぬ振り、か。前回の失敗から学んだ結果なのか、それともこりてないのか」

「……どういう意味?」

「そのうちわかるよ。さて、草司に、マンションなう——と」

コートからスマホを取り出して操作し始めたケイにつぐみはぎょっとする。

「草ちゃんに、そんな堂々と報告せんでも!」

「相手、検察ですよ⁉　しかも担当検事！」

「ここにいる誰も裏切らなければ問題ないじゃないか。お、墨田先生からも報告だ」

「じ、じいちゃん？　なんでじいちゃんまで」

「そりゃあ、この事件の総指揮者は墨田先生だからだよ。例の男の子は今、間違いなく葛葉さんに預けられているそうだ。大介君、君はもうちょっとおじいさんを尊敬していいと思うよ。吾妻先生に負けず劣らずやり方がえげつない。紳士に見える分、たちが悪い」

褒め言葉なのかとこっそり大介に尋ねられて、つぐみは答えられなかった。

「でもじいちゃん、なんでそこまで……」

「墨田先生は少し関わりがあるんだよ。例の自殺事件」

あっさり教えられて、大介が真顔になる。

「弁護士が入るような事件性があったんですか」

「いや、間違いなく自殺だったよ。でもいじめの件があったからね。マンションの住民は墨田先生に根掘り葉掘りさぐられて、ずいぶん嫌な思いをしたんだろう。だから今回、墨田先生は耳成さんの件から手を引いたのさ」

「それで墨田先生のこと知ってはったんや、管理人さん……」

その間に上昇したエレベーターが到着を告げる。

「さあ着いた、五階だ」

「え、五階？　耳成さんの部屋は四階やで」

「いいから、ここからは静かにね。気づかれたくない」

人差し指を意味深に唇の前で立てて、ケイはエレベーターから出る。まさか葛葉に挨拶にでも行く気か、と思ったら、葛葉と書かれた表札を通りすぎて、突き当たりの部屋の前に立った。

表札はない。つまり、空き部屋だ。

何をする気だろうと思っていたら、ケイがポケットから白の手袋を取り出してはめた。そしてドアノブを回す。静かに、と言われたのでつぐみは声をひそめた。

「ケイさん。そこ空き部屋――」

ドアがあいた。あっけに取られているつぐみの前で、ケイが大介に指示を出す。

「鍵があいてることがわかるように証拠写真を撮るんだ。時間と日付もわかるように、動画のほうがいいかもね」

「は――はい、わかりました。え、でもなんであくんや。いくら空き部屋ゆうても」

もう一度人差し指を唇の前に立てて静かにさせたケイが、声を出さないように、と念押ししてから教える。

「ここが例の幽霊部屋だよ。マンション側はもうここの部屋を放置しているんだ。ここから男の子の泣き声が聞こえると、マンションの住民は思っているみたいでね」

突然の怪談につぐみの頬が引きつる。大介は真っ青になっていた。

コートから細長い機械を取り出して、ケイは笑う。持っているのは――ボイスレコーダーだろうか？

なぜこの部屋にそんなものをしかけるのだろう。

幽霊部屋へのおっかなさと疑問で動きがにぶくなるつぐみ達に、ケイが振り返ってにっと笑う。

「さあ、幽霊退治といこうか」


あの耳成という老人のせいで、すっかり音を立てることが怖くなってしまった。

しかも調査しているなんて言われたら、ますます緊張する。どうして自分が気を遣わなければならないのか、と腹立たしくなった。

このマンションはいいマンションだ。皆、よくしてくれる。出て行きたくない。

金より人間関係や環境をとる。当たり前のことだろうに、あの吾妻とかいう弁護士はそれを不審がった。金に汚い弁護士だからそう考えるんじゃないですかなどと愛場は笑っていたが、それにしたって疑われているのはストレスがたまる。たまたまだとしても、息子がきている時期とかぶったのがまたよくなかった。

でももう大丈夫、三日がすぎた。

土曜日の夕食前に、男性がふたり挨拶にきた。今日から丸三日間、よろしくお願いします。

土曜日、日曜日、月曜日――頭の中で繰り返す。三日間の我慢だ。

火曜日、目覚めたときは、もう誰も下にいないと思うとほっとした。朝食をすませ、娘を学校へ送り出してから、愛場に電話をかけて、調査の話を聞く。

さすがにまだ報告はきていないらしかった。でも、大丈夫でしょう。そう愛場は太鼓判を押してくれた。

警察のときと同じように生活なさったのなら、問題はありません。警察のほうがいい機械を持ってますから、警察でも測定できなかったものをとらえたところで、あまり信憑性は高くないでしょう。

よどみのない説明に、それはそうか、と安心した。

この調査でよかったことといえば、耳成も引っ越したことだった。マンスリーマンションとは聞いているが、少なくとも決着がつくまで戻ってこないらしい。満足な計測結果が得られなかったときのための予防策だろうと愛場は言っていた。引っ越しましたよ、ということで反省を検察に見せるための、相手側の策だ。

だが、耳成を本当に引っ越しさせないと、怖くて生活できない。すでに裁判開始は秒読みだと聞いていたが、再度こちらの不安を愛場に伝えて、電話を切った。

でも、だいぶ気持ちはすっきりしていた。

思えば本当にこの一年、散々だった。離婚後、ここへ落ち着いて――そうだ、決着がつきそうなら、この子を今度帰すとき話をせねばならない。

変な老人につきまとわれて。やっぱり父親が必要なのだと訴えよう。だって娘がいるのよ。男手があればこんなことはきっと起こらない。お金の問題だけじゃないのよ。

そう、そのためには。

「早く、お父さんとお母さんとお姉ちゃんと、また一緒に暮らしたいわよね？」

そう言い聞かせているのに、息子が脅えた顔をする。

我が子のはずだ。だが、この一年でどんどんなつかなくなってきた。あの女のせいだ。あの家で、ちゃっかりこの子の母親の顔をしているという、あの女の。

「お父さんとお母さんと、また一緒に暮らしたいでしょう？」

再度詰め寄っても、息子は何も答えない。

反抗期なのか、最近はろくにしゃべらなくなってきた。

いつからおかしくなったのだったか――そう、新しい継母《ままはは》がいいと、つれてくるときに泣きわめかれたからだ。新しいお母さんのほうがいい。料理がおいしい。ケーキを作ってくれる。

なんてなんて生意気な、お前まであの女の味方をするのか。

産んでやったのは誰だ、これだから男の子は聞き分けのない、あの女はしつけもできていないんじゃないか。

「わかってるわね。新しいお母さんにやられたって言うのよ」

ここはいいマンションだった。昔、母ひとり息子ひとりだった家族をいじめ抜いて母親を自殺させたらしく、その二の舞を怖がっている。追い詰めて自殺されたら厄介だと、優しく知らんぷりしてくれる。

何より、この部屋を怖がって、近寄ろうともしない。

男の子の泣き声がするなんて騒いだのは、耳成だけだった。聞いたところによると、耳成は例の家族をいじめることに賛同せず、挨拶をしたりしていたようだ。自殺が騒がれた一時期、マンション全体が白い目で見られる中、たったひとり正義の味方のように持ちあげられたこともあって、周囲からうとましがられていたのが幸いした。

耳成は空気が読めないのだ。

みんながおかしいと言えばおかしい。みんなが何もないといえば何もない。世の中とはそういうふうにまわっていく。だから警察だって葛葉が防音マットをしているところを見せたら、耳もろくに聞こえないくせにおかしな男だと、取り合わなかった。

そもそもこの部屋は、耳成の部屋の真上ではない。どうして聞こえるのかと脅えたのが馬鹿みたいだ。

最初は煩《わずら》わしかった悲鳴のようなこの泣き声だって、今はただ気持ちがいい——。

「そこまでだ、葛葉有梨」

誰もこないはずの幽霊部屋に、靴音がした。

知らない間に腕をとられていた葛葉は、まばたきする。知らない男だった。

高そうな革靴を履《は》いたままフローリングを歩いてきた男が、そっと身をかがめる。胸のポケットチーフに目がいった。その襟《えり》に光るのは、検察バッジだ。最近よく見る機会があったから、形を覚えてしまった。

でも、知らない検察官だ。

「下の階にいる弁護士から通報があった。現行犯逮捕だ。抵抗はやめたまえ。……あなたも、息子さんと一緒に病院に行こう」

痛ましそうな気遣いに満ちた目に、呆然《ぼうぜん》とする。

ああそうか、丸三日とは、火曜日の夕方までだったのか。

現実を理解して、葛葉はやっと――ぐったりした息子の腕を放して、安心した。

事の顛末《てんまつ》を聞いた耳成は、しばらくじっと動かなかった。つぐみが新しく差し出したお茶にも手を出さない。

「――というわけでして、確かに耐えがたい騒音があったことが証明されました。警察が再度強く聞き込みをしたところ、男の子の泣き声について証言も出てきてるようです。もちろん、あなたがインターホンを壊したことは事実。やったことがなくなるわけではありませんが、インターホン代を弁償さえすれば、葛葉さんに示談金を払うこともなく、不起訴で終わる見込みです。あなたが騒音被害を受けていたのは事実ですからね」

「……真上ではなく、その隣の部屋だったのに、なぜ聞こえたんだ」

「配管の問題ですよ。真上の部屋からだと思っていた騒音が別の部屋だった――意外とよくあるんです、マンションでは。葛葉さんも最初は自宅で虐待《ぎゃくたい》していたのですが、あなたからの最初の苦情を受けて防音対策をし、念のため鍵があけっぱなしの隣の部屋に場所を移すことにした。でも、誰もあなたの苦情に耳を貸さなかったので、そのまま虐待が続いた。マンション住民の認識も、あなたは誰もいないはずの葛葉宅に怒鳴りこんでいくおかしな人物でしたからね」

正義と並んで正面にいるケイの説明に、耳成がなんともいえないため息を吐いた。

軽やかな口調で、虐待を通報したケイは続ける。

「検察は、虐待の事実確認のために、あなたがとっていたメモを見たがっています。私共がとっておいたデータを提供しましたので、嫌なら拒むこともできますが……どうでしょう、協力しますか？」

「……もちろん、お渡しする」

重々しい声で耳成がそう言うと、ケイが頷き返した。

「では私どもから検察へ提出しておきます。ちなみにですが、葛葉さんはお子さんへの児童虐待――傷害罪で逮捕されて、今は留置場にいます。娘さんは父親のほうが預かっているようですよ」

「……その子どもの状態は、どうなっとる」

「命に別状はありません。痣《あざ》や傷をつけることだけが目的だったと、葛葉さんは言っているそうで。……葛葉さん自身、治療が必要でしょうが」

「そうだろう、そのほうがよろしい。自分の子どもを殴るなど、病気だ」

「……虐待だとお気づきでしたか？」

ケイがいたずらっぽく確認する。耳成は首を横に振った。

「まさか。儂はただ、聞いたものをうるさいと言っただけだ。あと、あの女はどこかおかしかった。いつもどこを見ているかわからない目で、へらへら笑って」

「それと、あなたへ慰謝料請求とマンション退去を求めていた訴えですが、取り下げられました」

葛葉が逮捕されたとわかった翌日に、愛場は耳成に慰謝料とマンションからの退去を求める訴訟を取り下げた。初回の期日が決まったばかりなのにと正義は笑っていた。

草司にこっそり聞いた話によると、逮捕された葛葉の弁護人にもならず、綺麗《きれい》にこの一件から手を引いたらしい。

つまり、そういう弁護士なのだろう。現代らしいといえばそうだ。

「でも今やあんたは、子どもを助けた英雄や。どうする？　名誉毀損《きそん》で、葛葉さんやマンション住民相手に金とってきたろか」

「子どもが殴られたからもらえる金など、受け取る趣味はない」

正義の誘いをきっぱり断って、耳成はやっとお茶を飲んだ。

「あんた、引っ越そうと思わへんのか」

「あそこは妻が欲しがったマンションなのです。一緒に住めたのは五年ほどだが、子どももいなかったもので、儂にはあそこくらいしか思い出がもうない」

からになったグラスを置いて、耳成が相談室のテーブルの上に銀行の封筒を並べる。

京都銀行と書かれたみっつの封筒には、筆で文字が書いてあった——インターホンの修理代、正義宛《あて》とケイ宛に報酬をふたつ。現金で持ってきてくれたらしい。

「お約束の金です。お渡しします」
「気が早いな。まだ不起訴の書面もきてへんのに。でもまあ、こういう古めかしいんは久しぶりやから、受け取っとくわ」

そう笑って正義は報酬を銀行の封筒で受け取った。
それで、つぐみ達の仕事はほとんど終わりだ。後味が悪くても、どうしようもないことはある。

(結局、男の子の幽霊ゆうんも、マンションの人達が勝手に脅えてそうゆうてただけやもんな)

昔の事件で母親は自殺したそうだが、男の子はどうなったのか、そういえば知らないなと気づいたのは、耳成の不起訴の書面が届いたときだった。

でも元気に生きているといいな、と思った。そうすれば、葛葉の娘や息子だって、元気になれる気がする。

不起訴の書面のコピーをとり、それを丁寧に折りたたんで封筒に入れる。そしてまだあのマンションに住んでいる耳成に宛てて、封をした。


「これは貸しだぞ」

検事室の扉前を塞いで立っている同期の白鷹馨《しらたかかおる》検事の声に、草司は足を止める。

貸しだと言いながら、その顔は何やら不満そうだ。児童虐待の疑いのある母親を自ら捕まえたことで、ネットでは「よくやった検察」と褒められているのに、である。目立ちたがりの白鷹なら喜びそうな役割だと思ったのだが。

「別になんでもいいが。葛葉の公判は、お前が担当するのか？」

「おそらく俺に配点されるだろうが、お前が気にかけるところじゃないし、どうこう言われることでもない。検察官は独任制官庁だ」

独任制官庁――ひとりひとりの検察官が検察権行使の権限を持つ官庁であって、検察庁の長の手足ではない、という意味だ。検察官は個人で、起訴から処分まで決める権限を持っている。

「そうだな、じゃあ頑張れ」

「気にならないのか⁉」

「お前が言ったんだろうが、検察官は独任制官庁だって」

「あのな、俺は公判部なんだぞ。なのに俺に捜査をするようにしむけておいて、何をぬけぬけと！」

　さすがに気づいていたのかと感心しつつも無視して白鷹の横を通り抜けようとしたら、肩をつかまれた。

　なんだと思ったら、白鷹は思った以上に真剣だった。

「あのマンションで昔、起こった自殺。──あれ、お前の母親のことだろう」

「……」

「フリル芦辺と何をたくらんでいるのか、俺には関係ないことだが。同期のよしみで警告してやる。あまりあぶなっかしいことをするな」

　珍しく固い口調で言って、白鷹が何かを草司の胸に押しつける。

　雑誌だとわかったとき、白鷹はもう廊下の角の向こうに消えていた。うるさくつきまとわずにさっさと退散するなんて、珍しいこともあるものだ。

　だいぶ強くつかまれたのか、スーツの肩あたりがしわになっている。手で払って直し、草司は嘆息した。

（しょうがないだろう、ほっておけなかったんだから）

――汐見司が証拠偽造事件で逮捕されたあと、草司は母親と検察官の官舎を出て、一時期だけあのマンションに住んでいた。

だが、汐見司の妻と息子だということがどこからか漏《も》れて、マンション住民から白い目で見られることになったのだ。司が逃亡してからは、マンションにマスコミが押しかけたこともあって、迷惑だ出て行けと毎日責められ、ドアにゴミをぶちまけられることもあった。そんな中、いじめなど馬鹿馬鹿しいと挨拶をし、マスコミを邪魔だと一喝してくれたのが耳成一鉄だった。その奥さんは、マスコミから草司を隠してこっそりマンションに入れてくれ、飴《あめ》をくれたこともある。

耳成一鉄は気づいていなかったようだが、それはしかたない。十五年も前の話だ。事件を忘れたとは思わないが、草司自身も、子どもではなくなった。

そして、検察官だ。だから手を差し伸べることはしなかった。ただ、取り調べの中で世間話ついでに墨田弁護士の名前を刑事弁護に強い弁護士としてあげた。それだけ。

でもそれを信じて墨田雄大弁護士を弁護人に指名したのであれば、耳成は気づいていたのかもしれない。

まあどちらでもいいか、と草司は思った。

恩返しも、結局、自分が今、恵まれているからできることだ。きっと雄大も正義も、草司が気にしていることに気づいていた。

検事室に入り、白鷹から渡された雑誌をぱらぱらとめくる。水着を着た女性の表紙からよくあるグラビア雑誌かと思ったら、週刊誌らしい。

(なんでこんなものをまた)

どこもかしこも、センセーショナルな言葉が並んでいる。関西一円の醜聞《しゅうぶん》を中心に集めているようだ。この手の雑誌なら、そんなに珍しくもなんともないだろう――だが。

ふと、手が止まった。

見開きのページで組まれた特集の大きな見出しが、飛びこんでくる。

――放火魔・比賀《ひが》、ついに出所。検察が見逃した放火事件の数々。

約十三年前、京都。叔母一家に虐待されていた中学生が自宅を放火したとして取り調べをうけたが、のちにアリバイがあると釈放された。現在も犯人不明のまま、未解決事件となっているが、これも比賀による犯行であったと推察される――。

ポケットに入れていたスマホが、何かの始まりを告げるように震えた。

第三話
ペンよ燃やせ人生を

高校三年生とはすなわち受験生だ。散々言われていたことだが、教室が最高学年のものになり、進路によるクラス分けで同級生の顔ぶれが変わると、否《いや》が応でも意識せざるをえなくなる。始業式が終わって早々渡されたのも、志望大学を書く紙だ。

かといって、一年後に自分が大学生になっていることなどまだ想像できないつぐみが帰り支度をしていると、うしろから声がかかった。

「つぐみちゃん、駅まで一緒に帰らへん？」

「ゆりちゃん」

去年の秋、長年の悲願だった改名がかなったゆりは、今年も同じクラスになった。つぐみと同じ外部への進学を希望する、進学クラスだ。

受験生という肩書きを得たばかりだからか、話題は自然とそちらへと流れる。

「やっぱりゆりちゃんは東京の大学めざすん？」

「うん。っていうかお母さんがすっかりその気だから。つぐみちゃんは？」

「まだ志望大学は決めてへんけど、京都からかよえるとこにするつもり。おじいちゃんがおるし」

両親を頼るならば東京の大学という選択肢もあるが、そんな気持ちはまったくない。この間、突然やってきた父親は、他県の大学も視野にいれろとは言っていたけれど、最高学府か国公立大学をめざすわけではない限り、京都で十分な選択肢がある。

「そもそも関西は大学多いやん。京都だけでも迷ってるくらいやし」

「京都は学生の町っていうくらいだもんね。私も滑り止めはこっちの大学、受けるよ。でないとおばあちゃんもお父さんも納得しなくて」

「大変やな、間にはさまれるの」

「ほんと。でも東京行くなら、お金かかるぶん、いい大学目指せっていうのはもっともだしね。ほんとにたまにだけど、お父さん、まともなこと言うの」

口調にはうんざりしたものがまざっているが、ゆりの顔は晴れやかだ。彼女の両親は離婚が決まったはずだが、それでも家族であることに変わりはないのだろう。

校内にある桜の並木道から花びらが降ってくる。ふとそれを目線で追ったつぐみは、桜を見あげた。

「桜、満開だね」

「でも今日、夜から雨降るんだって。天気予報で言ってた」

「じゃあ明日には落ちてしもてるかな。いっつも雨とか風で桜がすぐ散るの、なんとかならんかなあ。お花見する暇もない」

校門を出たところで、ふと来年は同じ景色を見られないことに気づいた。

制服を着るのもあと一年で終わりだ。——なんだか信じられない。

去年の今頃の自分の悩みは、弁護士をやめようとしている祖父のことだった。一年で変わるものである。

「私、先週まで東京だったから、京都戻ってきたら桜が咲いててびっくりした。桜が咲く時期ってやっぱり関東と関西でずれるんだね」

先に校外へ出たゆりの言葉に引っ張られて、早足になる。

「そうなんや。東京、楽しかった？」

「大学の下見だから、あんまり東京らしいところには……お母さん、仕事で私と一緒にこっちに戻ってきたの」

「そうなんや。こっちには長くいはるん？」

「ううん、もう東京に帰ってるはず。でも、今は関西で仕事があるみたいで、こっちにちょくちょくきてるみたい。……そういえばつぐみちゃん、お母さんが前に汐見《しおみ》さんについて言ってたこと、覚えてる？」

「え？　あ、うん。覚えとるよ」

ゆりの母親は記者だ。草司《そうじ》の叔母一家が放火で亡くなり、草司がその犯人として疑われたこと、結局犯人がつかまらず未解決事件として処理されていること。それらを知るきっかけを、ゆりをつうじてつぐみに教えてくれた。

少し周囲を確認してから、ゆりが鞄《かばん》の中に手をつっこむ。可愛《かわい》くラッピングされた大きな紙袋が出てきた。

「これ、東京のお土産《みやげ》」

「え、ありがとう、わざわざ。気ぃ遣わんでもええのに」

「ううん、つぐみちゃんにはお世話になったから。それと……お土産以外に、週刊誌も入ってるんだ。先週発売されたやつ。お母さんが知ってたほうがいいんじゃないかって言ってたから、入れておいた」

中を見ようとしたつぐみに一歩近づいて、ゆりが真剣な顔で耳打ちする。

「汐見さんが犯人だって言われてた事件が、ちょっとだけ記事になってるみたい」

ゆりらしい淡い色の紙袋の中には、水着を着た女性の表紙に派手な文字が躍《おど》る雑誌が一冊入っていた。

帰りの買い出しの予定もすべて放り投げて急いで帰宅し、自分の部屋でおそるおそる開いた記事は、見開きで終わるもので、覚悟したほど大きくはなかった。最初、どれが草司のことなのかわからなかったくらいだ。

最悪の想像が杞憂《きゆう》で終わったことにほっとしつつ、つぐみは記事を最初から丁寧に読んでみた。

大阪、京都、神戸《こうべ》と現場を移して幾度も放火を繰り返した犯人の記事だ。

犯人の名前は、比賀仁星《ひがじんせい》。逮捕当時は大学生で、高校時代からの犯行もあると話題になり、世間をいくらか騒がせたらしい。その比賀が刑期を終えて出所したあと、半年ほど動向を調査した記事のようだ。粗いが最近の姿らしき写真まで載っている。

かつて、法廷で動機を「むかついたから」と笑って証言したらしい。その自分本位な犯行動機と常習性の高さから、当時も未解決の放火事件が彼の仕業ではないのかと疑われたようだった。

だが、検察が立件したのは、ぼやを含めて十件ほど。それでも十分な数だが、それ以上の放火事件を起こしている、そして出所したこれからも起こすだろう――と記事は断定していた。

要は危険な放火魔が再び世間に放たれた、というのがこの記事の主題らしい。

(誰が書いたんやろ)

一気に記事の最後まで目を進めると、端っこにライターの名前があった。雉野雷太《きじのらいた》、と書いてある。

また記事に目を戻した。

ご丁寧に、大阪、京都、神戸と場所ごとにわかれて、比賀が犯人と思われる未解決の放火事件が並べ立てられている。

「……ゆりちゃん言ってたん、これかな」

京都の欄に、『叔母一家に虐待《ぎゃくたい》されていた中学生が自宅を放火したとして取り調べをうけたが、のちにアリバイがあると釈放された』とある。約十三年前という時間軸を考えても、これのことだろう。

だが、それだけだ。事件内容は数行でまとめられており、草司の名前は出ていない。他の事件も同じような感じだった。比賀が逮捕される前、関西一円であった未解決の放火事件を片っ端から並べただけという印象だ。

ほうっと全身から力が抜けた。大した記事ではないとゆりから聞いていたが、週刊誌と聞いて身構えていたらしい。

「よかった……ってわけやないけど……一応、草ちゃんに教えといたほうがええかな」

知らないでいい気もするが、検察には記者も出入りする。悪意を持った誰かに教えられるよりは、先に知っていたほうが心構えができるかもしれない。

スマホを横にして記事を撮り、草司のＬＩＮＥ《ラ　イ　ン》に送っておく。草司の名前は一切出ていないけど念のため、というひとことも添えた。

すぐに既読がついた。仕事中なのにと驚いていると、返信までできた。

『知ってる、読んだ』

どういう返事をすべきか迷っていると、もうひとこと追加された。

『そんなことにかまけてないで勉強せえ、受験生』

正論である。

(心配したのに！　って怒るのはあれやな、めんどくさい女ってやつや……やめとこ)

プルっとリビングのほうから電話の子機が鳴る音が聞こえた。

部屋から出たつぐみは、誰もいないリビングで子機をつかむ。この音は、下の事務所からの通話だ。

「はい？　大介《だいすけ》さん……ああ、わかった、ちょっと待って」

外回り行く間だけちょっと留守番頼む、という連絡だった。

雑誌はそのまま自分の机の引き出しにしまい、つぐみは制服姿のまま一階へとおりる。

事務スペースに顔を出すと、事務机で鞄にクリアファイルや書面を入れている大介と目が合った。

「悪い、三十分くらい外行ってくるから頼むわ。先生、期日からもうそろそろ戻ると思うんやけど、戻るまで待ってたら為替《かわせ》買えへんようになってしまうから」

戸籍や住民票を取り寄せるために使う小為替は、郵便局で四時までしか取り扱っていない。常備しておくのが吾妻《あがつま》法律事務所の基本だ。

「ん、わかった。いってらっしゃい。今日の予定は？」

「昔のお客さんが相談にくるって聞いとる」

「昔のお客さん？」

「十年くらい前に、国選弁護で顔合わせたことがある相手らしいわ」

「国選？　なら接見したことがあるんやろうけど……おじいちゃん、そのひとのこと覚えてた？」

「全然、覚えてへんかった。たぶん、金にならへん相手やったんやと思う」

真顔で大介が言い切る。否定できず、つぐみも乾いた笑いを浮かべてしまった。

「でも、今回は相手がどうしてもって熱心で、まず法律相談ってことになった。ほんまはじいちゃんに頼もうとしたけど、もうじいちゃん新規は断ってるからな」

「あーじゃあ墨田《すみだ》先生に対抗心燃やしたんかな……」

祖父らしい不純な動機である。

「あとは、なんや会社を相手にするかもしれんらしいわ。金とれるてふんだんやろ。名誉毀損《きそん》で訴えたいって話やった」

「へえ」

「そのお客さん、早かったらもうくるかもしれんわ。じゃあそろそろ行ってくる」

ロッカーからベストを取り出して羽織り、鞄を肩にかけて、大介が玄関へと向かう。あ、とつぐみはその背中に声をかけた。

「その新しいお客さん、なんて名前なん?」

「比賀さん。確かヒガジンセイ、とかいうダジャレみたいな名前やった」

固まったつぐみに気づかず、大介は電話連絡帳に書いてあるでと言い残して、いってきますと事務所から出て行く。

急いでつぐみは階段を駆けあがり、先ほどの週刊誌を取って、階段を駆けおりる。電話帳をぱらぱらめくると、確かにあった。

「ひ……比賀仁星。本人……?」

——彼は犯行を繰り返す。彼の名前にあるように、火は彼の人生なのだから——そう、記事は締めくくられている。

予定より五分遅れて、インターホンが鳴った。

正義《まさよし》は戻っていたが、大介はまだ戻ってきていないのでつぐみが出迎える。

「どうも、比賀です」

マスクの下からくぐもった低い男性の声が聞こえた。サングラスのせいで、どこに視線があるかもわからない。やや引き気味に、つぐみは応じた。

「お、お待ちしてました。中へどうぞ……」

もう季節外れではないのかと思うニット帽に、サングラス、大きなマスク。どう考えても顔を隠している。ジーンズのポケットに両手をつっこまれたまま歩かれると、一昔前の不良のようだ。

ちらと見ると、黒いジャンパーの脇で週刊誌を抱えていた。先ほどまでつぐみが読んでいた週刊誌だ。

（……間違いなく本人やん、これ……ってことは名誉毀損てまさか、この記事？）

悶々《もんもん》としながらお茶を用意して運ぶと、相談室の壁側にずらりと並んでいる本棚の前で比賀が立っていた。

「……あの？」

「すげえ量っすね、この本。弁護士ってこれ全部、覚えてるんっすか」

本棚には、六法全書から正義が司法試験受験時代に使ったという古い本、判例時報、自由と正義といったそれらしい雑誌が何段もつめられている。

「やっぱ、頭いいんだなあ。オレなんかとは違うわ」

弁護士の威厳づけ、客に背表紙を見せるための本棚なのだが、比賀は素直に感心しているようだった。そのまま手前の席に座ろうとしたので、つぐみはお盆を持ったまま奥を示す。

「どうぞ、奥の席に」

「でも、奥ってえらいひとが座るんでしょ？」

「比賀さんはお客様ですから……」

目を丸くしたあと、比賀はなるほどというように頷《うなず》く。

ジャンパーを脱いで椅子《いす》の背面にひっかけ、ニット帽もサングラスもはずし、マスクをとると、想像よりもずっと若い顔が出てきた。髪の色はお約束のように染めたらしい金髪だ。

（……そういえば、つかまった当時は大学生……未成年やったたって）

出所という言葉のせいで年寄りを想像してしまったが、まだ二十代でもおかしくない。

「あざっす」

お茶を出したらぺこりと頭をさげられた。なんだか調子がくるうなあと思いながら、つぐみは法律相談用紙を差し出して記入を頼む。ボールペンの持ち方はおかしかったが、比賀は素直に従ってそれを書き始めた。京都市という書き出しが見える。

「おじい――先生、もうそろそろ」

新規のお客さんにはお茶を出して法律相談用紙を書いてもらうまでが事務員の仕事だ。つぐみの合図に、正義が湯飲みを持って立ちあがる。

「お茶、持っていくのに」

「これ飲んだら頼むわ」

正義と入れ替わりに相談室を出て、衝立《ついたて》のうしろに回る。

週刊誌には、草司が疑われた叔母一家の放火事件の犯人は、比賀ではないかと書いてあった。あの記事は未解決の放火事件を手当たり次第に書き連ねてあっただけのように見えたが、ひょっとしたら本当に比賀に関わりがあるのかもしれない。

それ以上に、もし週刊誌の指摘どおり、比賀が犯人なら――草司も、草司が疑っている父親の汐見司《つかさ》も、叔母一家が死んだ放火事件の犯人ではないということになる。

席に着いた正義が、法律相談用紙を受け取りながら顎《あご》をなでた。

「名前は比賀仁星さん、と。儂《わし》が吾妻正義や。これ名刺な。でも……やっぱり見覚えないなあ。接見行ったゆうことは逮捕されたんやろ。なんでや?」

「放火。十年前だったかな。あ、刑務所から出てきたのは去年です。今も執行猶予《ゆうよ》っす」

重い話のはずだが、比賀の口調は軽い。

「オレは先生のことよく覚えてるっすよ。接見にきたとき、これは有罪や、金にならんから弁護せえへんって、はっきり言ってくれたんで」

思わずつぐみは頭を抱えそうになった。

なんとも祖父らしいが、もう少し弁護士として、言い方はなんとかならなかったのだろうか。反省をうながすとか、せめて事情を聞くとか。

「他はなんでこんなことしたんだとか、反省してるかとか、若いのに、とか色々うるさかったんで。そんなのどうでもいい弁護士もいるんだなと思って、おかしかったんで覚えてます。あ、オレやっぱおかしいし駄目なんだなって、気が楽になったっていうか」

「まともを期待されるのはしんどかったか」

正義の口調も軽いが、その言葉には重みがあった。穏やかに比賀が笑い返す。

「期待してるフリなだけの奴が、うざいんすよ。オレ、嘘《うそ》、つかれるの嫌いなんで。あとはオレじゃないのにオレがやったって決めつけるヤツとか、お前じゃないよなって言いながらあからさまに疑ってるヤツとか、ほんと目障《ざわ》り。でも先生はオレがやったこととかコーセーとか知ったこっちゃねえって感じだったから、珍しくて印象に残ってました」

ひとくちだけお茶を飲んで、比賀がいったん会話を切る。そしてテーブルに置いていた週刊誌を、正義の前で広げた。

「今回、相談したかったのはこれっす。この記事」

「実名載っとるな。有名人やんか」

「こいつから、金とれませんか。この、キジノってやつ。マジでしつこくて」

覚えのある名前に、いったんつぐみも事務机に戻って、週刊誌を広げる。雉野雷太、という名前を再確認した。この記事を書いたライターのことだ。

「出所してからずっと、オレのことつけ回してるんですよ。写真撮りまくったり、取材だって周囲にも色々オレの話して、聞き回って。バイト先とか、アパートのひととか。それでクビになるし、住むとこもなくなるしで」

犯罪者なのだからそうされるのは当然だというひとはいるだろう。

だが、比賀はすでに刑期を終えて、出所している身である。いちばん世間に期待されているのは、更生と社会復帰だ。

「ペンは剣よりも強しとはゆうたもんやけど、こうなると、ペンが放火してまわっとるのと同じじゃやな」

「はは、言えてる。こいつのほうが放火魔ってウケる」

放火魔と言われている人間とそんな冗談で笑い合える正義は、ただものではないと思えばいいのか、常識がないと思えばいいのか、ちょっとわからなくなってきた。

「記事では、転々として職も定まらんとか書いてあるで。どうにかしたいゆうても、弁護士に頼む金はあるんか」

「親の金が、いちおー。あいつら出せって言えば出しますんで」

横髪をいじっている比賀の手首には、いい腕時計が光っている。そういえば、親は資産家だとか記事にはあった。

「あとはオレ、株とかもやってるんで。小金持ちっすよ」

「金には困ってへんのに、難儀やな」

「オレにしたら、今めんどーなのは全部こいつのせいっすよ。ムショあがりってこと隠すつもりも別にないけど、それとこれとは別っす。こいつ、あれもこれもオレのせいかもしれないとか言いふらして、ほんっと迷惑」

「ちなみに今はどうしてるんや。この住所は？」

「カノジョんとこです。最近こいつ、カノジョにも色々つきまとってるっぽいです。こないだマンションの近くで話しかけてるの見ました」

「なるほどな。まず、名誉毀損の慰謝料請求するとして……相手が出版社やったら、金が払えんってことはないやろうけど、ま、念のため見とくか」

雑誌をひっくり返した正義が、おい、とこちらに向けて呼びかけた。

「この雑誌の出版社、どこにあるかわかるか。あと会社の登記もとってくれ」

はい、と応答してからつぐみも自分が持っている雑誌の奥付を見てみる。知らない出版社の名前だったが、ネットで検索をかけてみると、ウェブサイトでの配信記事も手がけており、それなりに長く続いている雑誌らしいとわかった。

会社の登記情報までとると、ちゃんとした会社だということはわかる。

検索結果と登記情報を相談室に持っていって、正義に渡す。ざっと目をとおした正義は頷き返した。

「訴えて金がとれんってことはないやろ。でも金払うのは会社やとしても、こういうのは外部のライターが書いて、会社は記事を受け取っとるだけとかもある」

「金はとれないってことっすか？」

「いや、こっちからしたら責任は一緒や。向こうが勝手にもめればええってだけでな。ただ、あんたはこの雉野ゆうやつをどうにかしたいんやろ。こいつがこの出版社の会社員ならともかく、フリーのライターやったら、記事を売る先が変わるだけかもしれん」

比賀の相談を聞く限り、困っているのは雉野本人による行動が大きい。

とはいえ普通、訴訟沙汰《ざた》になったら、その内容や記事を書いたライターは敬遠されそうなものだが、絶対ではないだろう。

顔をしかめた比賀が、机の上に広げっぱなしの雑誌を指さした。つられて目線を動かしたつぐみは、比賀と祖父のお茶がなくなっていることに気づいて、湯飲みに手を伸ばす。

「なら会社よりこいつなんとかしてほしいっす、オレは」

「やったら、今後近づくなて命令出させるとか、こいつ個人を訴えなあかん。あとはこいつが金を持ってへんかったら、お前が損する」

「こいつ、金持ってるはずですよ。保険金とか、うちの親もバカ高い慰謝料払ったし」

横髪のひっかかりをいじりながら比賀が答えると、正義がにやりと笑った。

「そうかそうか。なら、こいつひとりに的をしぼるのも戦略的にありや。会社を敵に回すと面倒なこともあるしな。……ちなみにこいつの住所とか名前、たとえば雉野ゆうんは本名かどうかわかるか？」

「たぶん本名。それに、そんなまどろっこしいことしなくても、すぐ見つかりますよ。今日もオレのことつけてましたから。たぶん、今も外にいるでしょ。下手したらのりこんでくるかも。あいつマジうぜーから。セイギのミカタきどりで。殴ったらケーサツ行くって言うし」

「殴ってへんやろな」

正義の確認に、比賀は鼻で笑う。

「殴ってねーっすよ。だって殴ったら嬉《うれ》しいんだろ、あいつ。マゾかよ」

「――話はわかった。まあでもな、ひとつ基本的なこと確認するわ。お前、この雑誌に書いてあることについて心当たりは?」

「心当たりって?　ああ、オレがここにある未解決事件の犯人かってことですか」

ちょうど頭をさげて相談室をあとにしようとしていたつぐみは、比賀の悪びれない顔を真正面から視界に入れることになった。

「どれもオレには関係ない事件っすよ」

ためすように笑ったその目尻が、口端が、引っ張られたように伸びてぐるぐる回っている。嘘だ、とわかって、つぐみはからになった湯飲みを強くにぎった。

(比賀さんが関係あるってことは……まさか、草ちゃんの事件)

あの記事に掲載された未解決事件は、数が多い。ただのぼやから人死にが出た事件まで、内容も様々だ。

「それに、どれももう十年以上前の事件じゃないですか。犯人がつかまってないからオレのせい、とか言われても困るんで」

「それはそうやな。お前が正しいわ」

「――あの！　汐見さんってご存じですか。そこの記事にある、十三年前の京都の……」

相談室から引かずに声をあげたつぐみに、比賀がきょとんとする。正義が眉をつりあげた。

「つぐみ、お前、相談中やぞ。口をはさむんやない」

雑誌に目をやった比賀の顔はもうゆがんでいない。嘘をつけばわかる。

「汐見……」

その願いがつうじたのか、比賀はぽつりとつぶやいたあと、こちらを向いた。

「知らないひとっすね」

ぐにゃりとゆがんだ顔を見て取ったあとのことを、つぐみはよく覚えていない。

正義の叱責も、遠い世界の音みたいだった。


今からおよそ十三年前、当時中学生だった草司は放火で叔母一家を焼死させた事件の犯人だと疑われた。

草司は叔母の汐見明子《あきこ》とその夫、草司からみれば従兄弟《いとこ》にあたる子どもが住む山科区《やましな》の一軒家に居候《いそうろう》していた。だが、夜遅くの出火で、瞬《また》く間に火が回り家は全焼、たまたま外出していた草司以外、全員が焼死した。逃げ遅れたとみられているが、放火の可能性があるとして警察は草司を取り調べている。

（だけど草ちゃんは、逃亡中のお父さんから電話で呼び出しを受けて、外に出てた。そこをたまたま事務所に差し入れにきてたおばあちゃんに保護されて、アリバイがあるから犯人じゃないってことになって……）

休日、気分転換の受験勉強と称してやってきた図書館は思ったより静かだった。考えごとをするにはちょうどいい。図書館の長机で、いくつかプリントアウトした事件当時の新聞を広げながら、つぐみは考える。

新聞に捜査の詳細は書かれていない。当時の草司は未成年だから、報道もひかえめだ。しかし、事件当日、たったひとりでたまたま外出していた草司が犯人として疑われるのはつぐみにもわかる。まして焼死した叔母一家に虐待されていたとあれば、容疑者になるのは必然だっただろう。

だが結局、草司は起訴もされず無罪放免となる。一方で、放火だとは言われたものの犯人はつかまらなかった。残ったのは草司への疑惑だけだ。

新聞からわかるのはこの程度だ。

買い換えたばかりの手帳の空きページを開いて、つぐみは時系列を考える。

比賀が逮捕されたのは、草司の叔母一家が焼死した事件から約一年後だ。放火事件があった当時、比賀は高校生。中学生のときにもぼやで補導歴があると週刊誌には書かれていた。何度も読んだから内容はもう覚えている。しかも比賀は、草司の叔母一家の家があったのと同じ区に住んでいたらしい。常習性があるというのならば、確かに疑わしい。

「ほんまに犯人やったら……」

――草司が、犯人ではない、何よりの証明になる。

それがなんの役に立つかと言われたら、何もならない。草司は自分自身が犯人でないことを知っているし、つぐみもそれを信じている。それに、草司がいちばん知りたがっているのは、父親である汐見司の証拠偽造事件の真実だ。叔母一家の放火事件の犯人を気にしている素振りも、今のところ見られない。

だが、草司を呼び出したのが本当に汐見司だったのなら、叔母の放火事件に関わっていないとは考えにくい。最悪、司が犯人の可能性もある。

そして今、記事で犯人だと名指しされている比賀は、汐見という名前に心当たりがあることもわかってしまった。しかもそのことを隠そうとした。そんな事件が近所であったのを知っているというだけなら、隠す必要はない。

何かあるから隠したのだ。

（叔母さん一家のことを知ってるんか、それとも草ちゃんのお父さんを知ってるんか、なんとか確かめられんかな……）

汐見という人物に心当たりがないと比賀が嘘をついた、その理由もだ。

幸いにも、比賀の依頼を受ける方向で話は進んでいる。正義には散々怒られたが、接触する機会は今後もあるだろう。

「――こんにちは」

静かな声と背後からさした影に、つぐみはまばたいた。聞き間違いかと思ったが、違うらしい。

「吾妻つぐみさん、だね」

知らない男性だった。他にも席はあいているのに、つぐみの横にわざわざ座る。

背はそんなに高くない。ゆるくウェーブのかかった髪はピアスが光る耳の下あたりで切りそろえられており、無精髭《ぶしょうひげ》が伸びている。おしゃれなのだろうがなんだかあやしそうで、つぐみは無意識に椅子ごと距離をとろうとした。

サングラスを少しさげてつぐみを見たその男性は、返事をしないことを肯定ととったらしい。すっと長机に名刺をペンだこのある指で置き、つぐみの前まですべらせた。

――フリー記者、雉野雷太。

急いでつぐみは長机の上を片づけ、手帳をトートバッグにつっこんで、立ちあがった。

「君は、汐見草司君の許婚《いいなずけ》だそうだね。あの、未解決の放火事件の生き残りの」

だが、その場から動けなくなった。

「ご近所から聞いたよ。汐見草司は吾妻正義弁護士の養い子でもあるんだってね」

「……」

「そうとも知らず、比賀仁星は君の事務所に何を依頼したのかな？　ひょっとして何かまた事件を起こして、逮捕されそうになってるんじゃないか？　教えてくれ」

「な、なんの話か、わかりません。それにおじいちゃんの事務所には、他にアルバイトの人がいるので、わたしは何も」

「許婚の濡れ衣を晴らしたくはないか？」

濡れ衣も何も、草司は逮捕されていない。だがそう言い返せば言質《げんち》をとられそうだ。

「君の許婚が疑われた放火事件は十三年前だけど、人が死んでる。つまり、時効はないってことになる」

それは、草司が犯人だと疑われ続けることを意味していた。あるいは何かあれば逮捕されかねない、という示唆《しさ》でもあった。

ひと呼吸ついた雉野はサングラスをはずして、長机に置いた。

「そうかまえないでくれ。君の許婚が犯人だって言いたいわけじゃあない。でも、騒がれたら決して無傷ではすまないんじゃないかな。少なくとも当時、真っ先に容疑者にあがったんだから」

それだけではない。草司は叔母一家の放火事件があった夜、汐見司から呼び出しを受けている。だがそれを警察に告げなかった。犯人をかばったかもしれないのだ。草司もそのことを気にして、自身を「犯罪者と変わらない」と称していた。

それを雉野が知っているとは思えないが、そう切り捨ててこの場を離れられるほど、つぐみは強くなかった。

「それに俺は、記事にも書いたとおり、その一件も比賀が犯人だと思ってるからね。だとしたら、君の許婚は比賀の被害者だってことになる。なら俺と君は、同志だってことにならないか？」

できるだけ悟られないよう、つぐみは横の席に座り直し、雉野の顔を盗み見る。

雉野の顔は、まったくゆがんでいなかった。つぐみをだまそうとしているわけではなさそうだ。

「比賀は異常者だ。燃やすのが好きなんだってさ。人も建物も社会も、気にいらなければ平気で燃やす。なのに当時大学生というだけで話題になり、どこぞの人権団体のはからいで弁護団がつき、見逃された余罪がたくさんあるんだ。こんなことが許されていいと、君は思うか？」

草司を疑っているわけではないらしいとだけはわかって、やっとつぐみの緊張が少しゆるむ。

「でも、比賀さんはちゃんと裁判受けて、刑務所に入って……」

「それで更生したとでも？　あいつはそんな人間じゃない」

穏やかだった雉野が突然、吐き捨てるような口調に変わった。

「俺の実家は、比賀に燃やされた。おふくろと妹は無事だったが、親父が逃げ遅れて死んだ。酒癖が悪くて殴る蹴《け》るは日常茶飯事、ろくな親父じゃなかったよ。それは認める。でも公判であいつ、遺族の俺に向けてなんて言ったと思う？　笑って『保険金が入ってよかったじゃん』そう言ったんだ、あいつは」

自分が何をしているのか、善悪の判断が曖昧《あいまい》な人間はいる。それはいいことだと信じて疑わず犯罪を犯す人間だっている。

だがそういう人間が存在することの恐ろしさは、実感しないとわからない。

「死んだのはろくでもない親父ひとりだけ、未成年だったことも考慮されてあいつは死刑にならなかった！　おかしいだろう！　それだけじゃない、あいつには絶対他にも山のように余罪があるはずなんだ。だから俺は、それを裁きたい」

まっすぐ卓上を睨《ね》めつけている雉野の顔にゆがみはない。

「君の許婚だって、比賀が犯人だと証明されればもう疑われずにすむ。救われるんだ」

草司が救われる。その言葉に、思わず喉《のど》が鳴った。

「協力してくれないか」

「協力って、言われても」

「一緒に比賀が犯人だという証拠をつかむんだ。そしてもう一度、刑務所に送り返す。あいつは世の中に出しちゃいけない人間だ。きっとまた火をつける」

雉野が革ジャンパーのポケットに手をつっこみ、USBを取り出す。

「協力してくれるというなら、これを君に渡してもいい」

「……なんですか、それ」

「比賀と汐見司のつながりに関する情報が入ってる」

ざあっと血の気が引く。こんなときに限って、雉野の顔はゆがまない。嘘ではなく、比賀と汐見司には何かつながりがあるのだ。

（比賀さんが知ってるのが、草ちゃんの叔母さん一家やのうて、お父さんのほうってことは……）

まさか、司が比賀に叔母一家の家を燃やさせた——なんて可能性が浮上するのか。動揺しすぎてうまく思考が働かないし、舌も動かせない。

だが比賀が続けたのは、つぐみの心配とはまったく別のことだった。

「この情報を見れば、比賀には汐見司を逆恨みする動機があったということがわかる。逆恨みでその親族の家に火をつけた、あるいはその息子に濡れ衣を着せてやろうとしたと、俺は考えてる」

雉野は司から草司に連絡があったことを知らない。だから、あくまで比賀を中心に推論を展開している。司や草司を叔母一家殺害の放火犯として疑ってはいないのだ。

だからつぐみは動揺を押し殺すことだけに集中する。

「だが汐見司といえば、証拠偽造の一件で有名だ。俺もこの証拠は使いどころを考えていてね。うっかり比賀にからめてこれを公表して、汐見司の証拠偽造が再燃したりその息子が検事になっていることに話が飛び火したら、比賀から世間の目がそれてしまう」

「それは、協力しないと汐見草司のことを記事にするって脅してるんですか？」

「脅しなんて、とんでもない。何度も言うが、あくまで俺が追いかけてるのは比賀だ。比賀を追い詰めるために、このＵＳＢを使うときがくるかもしれない。そうしたら君の許婚が困ったことになってしまうかもしれない。だったら、このＵＳＢを使わないかわりに、君の協力が欲しい。ほら脅しじゃない、対等な取り引きだ」

「いったい、そのＵＳＢに何が入ってるんですか」

比賀と汐見司に関する情報とだけで、具体的になんなのか、どんな関係だったのかを雉野は一切説明していない。

だが、中身を気にした時点で雉野の思惑にはまってしまったのだろう。雉野の唇が弧《こ》を描いた。

「それは協力してくれるということかな」

「わ、わたしは……」

「結論は今すぐ出さなくていい。じっくり考えて、連絡したくなったら、名刺の裏にある番号を鳴らしてくれ」

「ああ、これはこれは。つぐみさん」

穏やかな声をかけられて、つぐみはうつむけていた顔をあげる。

ちょうど長机をはさんだ向かいに、グレーのカーディガンを着た墨田雄大《ゆうだい》が立っていた。春らしいキャメルのコートを椅子の背にかけ、抱えた分厚い上製本を机の上に置く。

「こんにちは。奇遇ですね。調べ物ですか？」

「墨田先生……。どうしてここに」

「私は、土日のどちらかは図書館で本を読むことにしているんです。そちらの方は？　お知り合いですか。お友達、というには年齢が離れすぎている気がしますが」

雄大に目を向けられた雉野は、眉根をよせたあとすぐに立ちあがった。

「少し聞きたいことがあっただけです。もう終わりましたので、失礼」

残ったのは机の上の名刺だけだ。雄大が気づく前に、つぐみは指先でそれをつまみ、トートバッグの中にそのまま放りこんだ。

「記者ですか、あの方」

「えっ⁉　な、なんでわかるんですか」

「雰囲気でしょうか。うちの事務所は刑事専門ですから、記者の方とはそれなりに縁がありますしね。しかしつぐみさん、語るに落ちておりますよ」

しまったと一瞬思ったが、別に隠し立てすることでもない。緊張を吐き出したいのもあって、口を動かす。

「なんや、今おじいちゃんが関わってる事件の情報を聞きだそうとして、わたしに声をかけてきたみたいです……」

「なるほど。何かあぶないことがあれば、大介を盾になさい。男女平等を謳《うた》っても、世の中、女性には何かとあぶないことが多い」

「あ、ありがとうございます。でも大介さん、来月の予備試験に向けて、今は追いこみ時期でしょう。うちのアルバイトだって、へらすか試験まで休むか、そもそもきてもらっていいのかって思ってるくらいで」

「それで落ちるなら落ちればよろしい」

ぴしゃりと言い切った雄大は、つぐみの真向かいの席に腰かける。

「それに大介には来年もあります。まだ大学三年ですからね。つぐみさんが遠慮することはありませんよ」

大介本人は今年で予備試験に合格して司法試験の受験資格を得て、来年は司法試験に合格して、無事に正義に借りを返してから普通に就職活動するんだと息巻いていたが、黙っておくことにした。余所《よそ》様のご家庭の話である。

「それに、昔に私が手がけた事件を気にする時間はあるようですし」

大介が汐見司の事件をさぐっていることを見透かされている。つぐみがそれに一枚嚙《か》んでいることにも、雄大は当然気づいているだろう。

穏やかな口調だが、決して笑っていない目。間違いなくこの人物も弁護士であると感じさせるだけの迫力があった。

頰《ほお》を引きつらせて、つぐみはあとずさりする。

「き、気をつけます。あの、じゃあわたしはそろそろ……」

「そうですね。図書館はおしゃべりする場所ではありませんから」

ひょっとして、何も教えることはないと、遠回しに釘を刺されたのだろうか。

(でも、もし、雉野さんが言う比賀さんと汐見司の関係によっては……それこそおじいちゃんや墨田先生が隠してることにつうじるなら)

緊張と期待で妙に気が逸《はや》る。

トートバッグを肩にかけてきびすを返そうとしたら、優しい声がかかった。

「ひとりでなんでも解決しようとしてはいけませんよ」

「えっ……」

振り向いたつぐみに、雄大は優しく目を細めた。

「ただの年寄りのアドバイスです」

それだけ言って、雄大は静かに本に目を落とす。

トートバッグの持ち手を強く握って、つぐみはぺこりと頭をさげた。

どうしよう。雉野の名刺をトートバッグから取り出せないまま、つぐみは図書館前から乗ったバスを降りる。

（大介さんに相談はあかんやろ。墨田先生にはああ言われたけど、試験前やもん。ケイさんは……わたしが頼んだそのままを聞いてくれるひとやないし、何より草ちゃんにも気づかれてしまうやろな……）

草司は怒るだろう。これから訴えるかもしれない相手と取り引きなんて、正義もきっと怒る。特に正義は敵味方の線引きをきっちりするひとだ。

となると、自分で判断しなければいけないことになる。いや、判断、というのはいささかニュアンスが違う。大介にしろケイにしろ、草司にしろ正義にしろ、反対するに決まっている。比賀が相談にきている以上、利害関係が対立する相手――敵方につうじる行為なのだから。

わかっているのに相談をためらっている自分には、雉野の取り引きに応じたい気持ちがあるのだ。

迫られているのは、判断ではなく決断である。

（だって、草ちゃんが……それに、比賀さんがほんまに色々やってるなら、それを証明するのはええことなんちゃうかな……）

何か、心を決める決定打が欲しい。雉野はその決定打を持っているのだろうか。だからあんなに、迷いがないのだろうか。

悶々《もんもん》としながら自宅の横引きの戸をあけると、玄関に男物の革靴がそろえてあった。靴を脱いでいると、事務所のほうから声をかけられる。

「帰ったんか」

「草ちゃん、きてたん」

「先生に呼び出されたんや、訴状の準備とチェックしろって」

事務所のほうへと入り、カウンターで草司が並べている書類のうち、でかでかと訴状と書かれた表紙をめくる。まず目に入ったのは当事者の欄だ。

原告、比賀仁星。被告、雉野雷太。

「——えっ、おじいちゃん、比賀さんの依頼、もう受けたん？」

「ああ。現金持って、依頼にきたんやて。先生、うはうはで二階の金庫に入れに行ってはる」

思わず天井を見あげた。現金に目がくらんだのだろう。祖父らしい展開だ。

だがつぐみは笑っているわけにはいかず、訴状をばらばらとまくる。

訴状によると、比賀が求めているのは雉野への名誉毀損による損害賠償《ばいしょう》請求と、接近禁止命令だ。接近禁止についてはこれ以上実生活に支障が出ては困るということで、仮処分の申立書も別に作られていた。証拠説明書を見ると、以前比賀が借りていたアパート付近をうろつく雉野の姿を映した動画や、写真があげられている。雉野のつきまといの証拠を、比賀はきちんととっていたらしい。

「……接近禁止の仮処分、とおると思う？　草ちゃん」

仮処分は『仮の』処分であり、担保として予納金が必要だったり、本案訴訟の結果が出るまでしか効果もないが、とにかく裁判所の結論が早く出る。この中立がとおれば、雉野は一カ月とたたないうちに比賀を取材、もとい見張れなくなるだろう。

「とおるやろな。ざっと確認したけど、ちょっとひどいわ。アルバイトをクビにされたときもちゃんと録音があって、記者が色々うるさいって理由やった。アルバイト先に乗りこんできたときの動画もある。実際、生活に支障出てるんやし、まずとおるやろ。刑事告訴しても、ストーカーでいけるかもしれん」

「そうなんや……でも、ええんかな」

「ええって、何が？」

何気なくこぼれたひとことを拾いあげられて、慌《あわ》てた。

「え、あ、だって。ひ、比賀さんを別に疑うわけやないけど、余罪がいっぱいあるって記事見てしもたから。この、ライターの雉野さんが見張ってるっていうか、真実を暴こうとしてるっていう考え方もあるんちゃうかな、とか、つい……」

「それは警察がやることや。こいつがやることとは違う」

きっぱりとした否定が返ってきて、驚いた。

「不正なやり方をしたところで真実なんぞ暴けん。ゆがんだ結果が出るだけや。……父親の事件とかな、考えてるとそう思うんや」

草司が父親の一件を自分から持ち出すなんて珍しい。つぐみの驚きに見合わない穏やかさで、草司が噛みしめるように続ける。

「墨田先生の孫かて、墨田先生が警察と取り引きしてるとこ見てしもて、こじれてしもたんやろ。結局、不正な方法で真実を暴こうとしても隠そうとしても、必ずどこかでゆがみが出るもんなんやて思ったわ」

そんなふうに大介を見ていたのか。草司は呆然《ぼうぜん》としているつぐみの頭を、こつんと軽く拳《こぶし》裏で叩いた。

「ま、そのあたりの理屈は大学入って勉強すればええことや。今は証拠のコピー手伝ってくれ」

「……う、うん」

「お、つぐみ帰ってきとったんか。あの比賀ゆうやつ、ちゃんと金用意して持ってきよったで。しかも現金、ようわかっとるわ」

ほくほくした顔で正義が二階からおりてきた。草司が顔をしかめる。

「先生も作業してくださいよ。何度も言いますけど僕は検事です。職務専念義務違反やてわかってますか」

「コピーとるくらいええやないか。墨田んところの孫をさすがにこの時期に呼び出してこき使うんは、儂でも気が引ける。つぐみも受験やし、お前しかおらんやないか」

「まさかバイトがわりにこれからも僕を呼び出す気ですか」

「我慢せえ。墨田の孫の勉強時間、確保させてやらな」

かかかと笑う正義に、草司が嘆息して作業に戻る。ちょうど正義が仕事を受けなくなった頃のような空気だ。

祖父の弁護士復帰を願い、草司がどうして検事になったのか不満を抱きながら、祖母の死であいた穴を少しずつふさいでいく、ただのんびりと流れるだけの、それでもしあわせな時間。やがて正義が仕事をするようになり、大介というアルバイトがきて事務所はにぎやかになった。

でも、ここがつぐみの原点だ。

日常だと思っていたものは、すぐ壊れる。草司が家を出て行ったように。祖母の千恵《ちえ》があっけなく死んでしまったように。

草司の叔母一家の放火事件は、日常を壊すものだ。

コピーを取りながら、つぐみは唇を引き結んで決意した。

（あのＵＳＢの中身。どんな情報やとしても、とにかく使えんようにせなあかん）

相手は大人で、記者だ。でもつぐみは嘘が見抜ける。なんとかなるかもしれない。

不正なやり方で暴けるのは真実ではない。ゆがみを生むだけ。草司の言っていることはきっと正しいのだろう。

だからつぐみはこれから自分がすることを、正しいことだとは思うまい。

けれど今は必要なのだと拳をにぎりしめた。


『協力って何をすればいいですか。草ちゃんを変なことに巻きこまないでください』

『まず、比賀が君のおじいさんに何を頼んだのか教えてもらえるかな？』

『訴訟提起みたいです』

『民事訴訟かな？　いったい誰に、なんの訴訟を？』

『民事です。もう訴状は裁判所に提出済みなのを確認しました。相手は雉野さん、あなたに対する損害賠償請求です。接近禁止の仮処分の申立もしたみたいなので、近々裁判所から連絡がいくと思います』

名刺にあった携帯番号に送ったショートメールの返事はそこで止まったまま、初回期日が決まった。雉野に弁護士はついていないようだが、本人訴訟のわりに話は早いと大介は言っている。無難にでも対応できているのは自分が前もって教えていたからだろうと思うと、胃に穴があきそうだ。

仮処分の申立は、やはり本案訴訟の初回期日がくる前に認められ、雉野は比賀に近寄ることができなくなった。雉野は自分も京都市内に住んでいるので非現実的だと反論したようだが、比賀はやっと就職先をさがせると言って喜んでいる。

そのあと、やはりというかなんというかショートメールが飛んできた。

『君が俺のかわりに比賀を見張ってほしい』

今までのことは情報漏洩《ろうえい》というほどのことでもない。だがここからは違う。

一方で、自分の目で比賀のことを確かめるいい機会でもあった。

『今から俺が指示する場所で写真を撮ってくれ。俺は近づけなくなったからね』

雉野が指示したのは、比賀が厄介《やっかい》になっているという彼女のマンションから近いガソリンスタンドだった。接近禁止範囲内で、灯油が売っているのはここしかないからと、雉野はあたりをつけたらしい。

『俺の目がなくなれば、きっと灯油を買いにくる』

まさかと思いながら、土日だけと約束して、つぐみは受験勉強と称して家を出た。ちょうどガソリンスタンドの横にファーストフード店があったので、ガソリンスタンドが見渡せる席を陣取り、きちんと見張っていることの証明として、指示されたガソリンスタンドの写真まで雉野に送る。

それから小一時間後に灯油缶をのせた自転車をこいで、比賀がやってきた。

(なんでほんまにきてしまうん……)

雉野の主張が間違いだと思えなくなってしまうではないか。

比賀はつぐみに気づかないまま、灯油を一缶分、買っていった。

購入作業中の画像を何枚か眺めて、唇を噛む。頭は混乱していたが、正義や草司の指示を受けて証拠写真を撮ることも多いせいで、綺麗《きれい》に画像は撮れていた。

皮肉なものだと思いながら、送信ボタンを押す。それだけで机に突っ伏したいほど疲れたが、ここでくじけるわけにはいかない。

つぐみが今、スパイのような真似をしているのは、USBの中身――比賀と汐見司の関係をはっきりさせるためだ。

『ありがとう。これから比賀が何をする気かも、調べないとね』

『その前に、USBを渡すか、中身がなんなのか教えてください。わたしはちゃんと協力してますよね』

『わかった。でもその前に、君のおじいさんを説得してくれないか。この訴訟を取り下げるように。そうしたら当面、俺が自由に動けるから、君の協力も必要なくなる』

新しく追加された要求に、つぐみは眉をひそめる。

『取り下げるって、わたしは弁護士じゃないのでそんなことできません』

脅しには屈しないとかそういう次元ではない、まっとうな回答だ。

返信はすぐにきた。

『おじいさんに辞任するよう頼むことはできるだろう？　比賀は自分で訴訟なんてできないし、吾妻正義弁護士が手を引いた訴訟を他の弁護士が受けるとは思えない。仮処分の命令は、本案訴訟が提起されなかったり撤回されれば、効果はなくなる』

『でも、おじいちゃんはわたしの言うことなんてきくひとやないです』

嘘偽《いつわ》りない情報なのだが、返事は無情だった。顔が見えないので、本気かどうかも見抜けない。

『じゃあ、次の法廷で例の情報の入ったUSBを提出しないといけなくなるかもしれないな。俺も自分の身を守らないといけないからね』

息を呑《の》む。それきり、雉野の返事はこなくなった。

「おじいちゃん！　どうやった、今日の法廷！」

学校から帰ってくるなり事務所に飛びこむと、そこには正義でも大介でもなく、芦辺《あしべ》ケイ弁護士がいた。

焦っていたことを一瞬忘れて、つぐみはぽかんとする。

「な、なんでケイさんがここに？」

「ああ、裁判所で先生と鉢合わせしてね！　何やら面白そうな案件だったからお話を聞こうと思ってついてきたら、吾妻先生は墨田先生に呼び出されてしまった。ついていこうとはしたんだが、留守番していろと置いていかれてしまったわけだよ！」

つまり祖父は遊びに出かけてしまいケイは体よく雑用に使われている、ということだろうか。がっくりとつぐみの両肩が落ちる。

「で？　今日の法廷っていうのは、比賀仁星の裁判のことかな」

「そう。ケイさん、傍聴した？」

「ああ。とはいえ、相手方の雉野とかいう記者はきてたけど、比賀本人は不在で先生はひとり。中身も互いの書面を確認したくらいで、面白いことは特になかったよ」

「な、何が提出されたかわかる!?」

「提出された書面なら、先生がそこに放置しているよ」

ケイが顎をしゃくって、事務机の上にある風呂敷に包まれたものをさす。急いでつぐみは風呂敷を開いた。訴訟記録としてファイリングをするのは事務員の仕事のうちだ。見よう見まねでぱらぱらめくっていると、雉野が作成したらしい証拠説明書を見つけた。見よう見まねで作っているのか、正義が作っているものとよく似た形になっている。

乙第五号証、写真、比賀がこんな時期に灯油を買っているところ、という説明に手が思わず止まった。つぐみが撮った写真だ。撮影者は協力者とだけ。また放火をするかもしれない、というアピールに使われている。

これはどんなふうに訴訟に影響するのだろう。一瞬怖くなったが首を横に振った。

(今はUSB、USB……昔の事件に関わるやつ！)

文字を順に追っていくと、やっとUSBという文字が見つかった。

「記事が本当であるという、決定的な証拠のひとつ……？」

説明を読みあげたつぐみに、事務椅子でくるくる回って遊んでいたケイが止まる。

「なんだい、それ。証拠の説明？」

「うん。USBの中身についてなんやけど、そう書いてあって……」

「そういえば比賀仁星の相手は弁護士がついていないんだっけ。真実性、あるいは真実相当性の主張なのかな。でも記者っぽい言い回しというか、素人《しろうと》くさいというか」

「次回提出予定ってあるわ……」

「はは、予告かあ。まさに記者だね」

今日あのＵＳＢの中身が提出されたのではないかと焦ったが、次の法廷というのは初回ではなく次の期日のことだったらしい。

ほっと息をつくと同時に、悔しくなる。この予告めいたやり方は、つぐみへの脅しも入っているに違いない。

（やっぱりメッセージでやり取りしてるだけやったらあかん。顔を見て話さな）

脅してくるということは、逆に言えば追い詰められているということだ。だとしたら、絶対につぐみにまた連絡をとってくる。

「ケイさん、この訴訟どうなりそう？　どうせ中、盗み見してるんやろ」

「人聞きの悪い、勉強させてもらってるんだよ。ま、今のところは悪くないんじゃないかな。記事の件は名誉毀損、つきまといの件はプライバシー侵害、この両柱で先生は攻めてるから、真実性の主張をしたところで、防御方法として間違ってる。素人相手はやりにくいけれど、法律論はやりやすい」

「そ……そうなん？」

「真実性が認められても、プライバシー侵害は成立するんだよ。っていうか人に知られたくない秘密を暴くからプライバシー侵害というわけで、真実だからって免責されるものじゃないのは当然だろう」

何やらややこしいが、法廷での戦い方は現実の戦い方と違うというのは、つぐみも散々見てきたことだ。

「あとは、原告――比賀本人がとても危険な人物だと主張したいみたいだが、こっちは今この瞬間に放火犯でつかまったくらいでないと、訴訟に影響するとは思えないね」

ぱらぱら他の資料にも目をとおしたが、答弁書もお決まりの追って主張するで締めくくられていて、ヒントはどこにもなかった。わかったのは『記事に書いたことは本当だ、だから金は払わないし接近禁止も不当』と主張しているな、という程度である。

「だからといって油断はできない。気になることもあるしね」

「そっか。まだまだこれからってことやね」

少し気分が落ち着いたので、比賀仁星の事件記録を取り出し、ファイリングしながらつぐみはぽつりとケイに尋《たず》ねてみる。

「おじいちゃんがこの訴訟やめるってこと、ありえるかな」

「なんだい、いきなり」

意外に思われるのは当然なので、ちゃんと考えておいた言い訳をそのまま使う。

「比賀さんの記事には、草ちゃんの事件もあったやん。なんや、変に勘ぐられて騒がれるかもしれんやろ。うちが関わらんほうがええような気もして」

「ああ、草司がここに出入りしているのは知っている人は知ってるしねぇ。でも、比賀の無実を証明するために、草司が犯人だと主張しなきゃいけないわけじゃないし……そうそう、担当裁判官は鬼頭《きとう》裁判官なんだよ」

少し前、検察の違法な証拠を指摘して無罪判決を出し、世間を騒がせた人物だ。

「雉野の熱弁も聞き流してたし、この間の丸津《まるつ》さんの裁判を見る限りでも、好奇心や思いこみで争点から脱線したりしないと思うよ」

「でも、雉野さんは記者やろ」

その気になれば公表できるのではないか。今、比賀を非難するように、草司を犯人だとする記事を。

ケイがあからさまに顔を曇《くも》らせた。

「……何かあったのかい？」

「う、ううん。なんにも。あ」

学生鞄からはみ出したスマホが点滅している。その場で確認すると、雉野からのショートメールだった。

『お茶とかどうかな。珈琲《コーヒー》もおいしいし、ここのフレンチトーストは絶品だよ』

その下にはお店の情報がきた。調べると、自転車で行ける場所だ。

まだ外は明るい。

「わたし、問題集買いに本屋さん行ってくる。ケイさん、留守番まかせてええ?」

「いいよ。でもつぐみ君……」

意味深に沈黙してから、時計を見あげて、ケイが笑う。

「遅くならないようにね。気をつけていっておいで」


対外的に午後五時をすぎると裁判所も検察庁も終業ということになっている。だが、中で働く人間の仕事が終わるわけではない。

いちばん遅い時間に始まった公判を終えて裁判所を出た草司は、移動のためタクシーをつかまえようと丸太町通《まるたまちどおり》に出る。赤信号で車の流れが止まっており、手持ち無沙汰なところでスマホが鳴り始めた。表示された名前はケイだ。

青になろうとする信号を気にしつつ、通話ボタンを押す。

「なんだ、まだ仕事中だこっちは」

『何があったというわけじゃないんだけどね。君も知ってるだろう、比賀仁星の記事。それを先生が損賠で訴訟してることも』

「知ってるけど、それがどうしたんや」

『つぐみ君が変な感じがする』

なんとも抽象的な話に、眉間《みけん》のしわがよった。

「それやとなんもわからん。変やゆうなら、具体的に言え」

『脅されてるんじゃないかなと思って、相手方に。この手の記者はやりかねない』

「脅すってつぐみをか？　ただの女子高生やぞ。なんもでけへんくらい、わかるやろ」

『素人はそう考えないものさ。今日の法廷で、相手から比賀仁星が灯油を買ってる写真が出ててね。比賀は危ないって印象づけたいだけのお気持ち証拠なんだが、これ、日付が接近禁止の命令が出たあとの証拠だ』

「撮影者は」

『取材協力者とだけしかない。吾妻先生も誰が撮影したのかあやしんでたんだが……これまさか、つぐみ君じゃないよね？』

まさかと笑おうとしたが、できなかった。そういえば、妙につぐみは気にしていなかったか。比賀の再犯を。

（いやでも、そんなアホな正義感で暴走するタイプやない）

ましてて正義を裏切るようなことを自らするとは思えない。するなら、理由がある。

「……脅すなら、材料がいる。そんなもん、ないやろ」

『あるじゃないか。君だよ、草司』

青になって車が流れだす。空車表示のタクシーを、そのまま見逃してしまった。

『吾妻法律事務所と君の関係は近所に聞けばすぐわかることだ。吾妻先生の養い子であることもね。先生に言ったところで一蹴《いっしゅう》されるだけだろうが、つぐみ君なら話は別だ。それにさっき私に、吾妻先生にこの訴訟から手を引かせる方法がないかきいてきた。君の一件で何か騒がれるんじゃないかと、心配しているようだったよ』

「……まさか、例の記事のこと気にしてるんか？」

『まあそうだろう。つぐみ君、さっき問題集を買いに行くって自転車で出て行ったんだけどね。そもそもつぐみ君の問題集は、大介君が全部そろえたって聞いてる』

「買い漏《も》れはありえるやろ。最新版の買い直しとか」

『でも問題集を買う本屋っていえば、どこか決まってるじゃないか』

「ああ」

吾妻法律事務所から自転車で行ける範囲で、受験勉強用の参考書や問題集が充実している本屋といえば、草司もひとつしか出てこない。草司自身、よくお世話になった。

『あそこ、最近つぶれたんだよ。もちろん知らないのかもしれないけど。もし、帰ってきたつぐみ君がその話をしなかったら、嘘をついて出かけたってことだ』

「……お前、性格悪いな」

『褒め言葉と受け取っておくよ。あとは君にまかせた』

ここまできてそうくるか。いや、ケイは最初からそのために電話してきたのだろう。

草司の返答を待たず、ぷつっと通話は切れた。舌打ちした草司は、そのままつぐみの携帯番号に発信しながら、吾妻法律事務所へ続く道へと方向転換した。


なぜタイミングというのはこう重なるものなのか。

草司の名前が出ている着信画面を見ながら、つぐみは頬を引きつらせる。

「家から？」

「あ、いえ！」

雉野に見られてはまずいとスマホを切り、ひとつだけ操作をしてテーブルの端に置く。

「それであの、ＵＳＢですけど……」

「ああ。今日の法廷について、君は何か聞いた？」

のらりくらりと会話がかわされている。だが、会話の流れにのることにした。大事なのはしゃべらせることと、雉野の顔を目で確認できるこの状況だ。

「おじいちゃんには今日、まだ会ってないので」

「どうして」

「仕事が終わったから、同期の弁護士の先生のところへ遊びに行ったみたいです」

「同期……墨田先生かな、刑事専門の」

よく調べていると思ったが、別に隠すことでもないので頷いておいた。

休日は行列をよく作っているレトロな喫茶店の革張りのソファは、古いが弾力性があった。煙草《たばこ》のにおいだけが難点だなと思いながら、つぐみは運ばれてきたフレンチトーストに手をつける。

「じゃあ吾妻弁護士は刑事告訴も視野にいれてるのか」

「訴訟のことは祖父が決めるので、わたしにはよくわかりません。別件の相談かもしれませんし。雉野さんもわたしに意見を聞くよりは、早めに弁護士つけたほうがいいと思います」

「君がおじいさんを説得してくれればすむ話だ」

「それはそうですけど……でも、今日の法廷で雉野さんが証拠説明書にあげたＵＳＢ、びっくりしました。記事が真実やてわかる決定的な証拠て、比賀さんが十三年前の事件の犯人やてわかる証拠やってことですよね。そんなにすごい情報なんですか。汐見司さんと比賀さんの関係って」

まばたきすら見逃すまいと、つぐみは雉野の顔を見続ける。

「ああ。比賀が犯人だとわかる、決定的な証拠だよ」

わざわざ声をひそめた雉野の唇の尖《とが》りが、たこの口のようににゅるっと伸びた。

ぎゅっとつぐみは膝《ひざ》の上で拳を握る。

――嘘だ。

雉野は比賀と汐見司についての情報を知っている。だが一方で、その情報が自分の記事が真実であると証明できるような決定的な証拠だとは思っていない。

つまり、訴訟の行方をひっくり返すような大した情報ではないのだ。

(こっちを動揺させるためのブラフや)

なら――そろそろ、頃合いだろう。

落ち着くために、フレンチトーストを口に含む。最後のひとくちまでおいしかった。

「まあ、あまり聞かないでくれ。あのUSBを出されたら君も困るんだろう?」

「はい。出さないでほしいです。どんな情報でも、変に騒がれたない。だから、もし雉野さんが汐見司と比賀仁星の関係を証拠として裁判に出したり、記事にするんやったら、わたしもこれをおじいちゃんに見せます」

そう言ってつぐみはプリントアウトしておいた、ここ数日の雉野とのショートメールでのやり取りをテーブルの上にのせた。

「比賀さんが灯油買ってるあの写真。こんな経緯で撮影されたてわかったら、心証はだいぶ悪くなると思います。今回の裁判、担当してはるのは検察の証拠があやしいからって無罪判決出した鬼頭裁判官やって、雉野さんやったら調べてはりますよね？」

プリントアウトを手に取った雉野の顔が険しくなる。

「……まさか、俺に脅されたとでも言うつもりかい？」

「実際、そうです。でなきゃ普通、孫娘が祖父の弁護活動を邪魔する証拠作りに協力したりしません」

しかもつぐみはまだ高校生、未成年だ。大の大人と対等に交渉した結果だと主張すること自体に無理がある。

「脅迫っていうのは従えば従うほどどんどん要求がひどくなっていくって、昔おじいちゃんに教えてもらいました。そもそも情報入ってるＵＳＢをもらったかて、コピーやったら意味ありませんよね。それくらいわたしでもわかります。今のこの会話も、録音してますから」

何かを言おうとした雉野が口を閉ざし、目線をさまよわせた。

「吾妻正義弁護士の孫娘を、なめんといてください」

ぴしゃりと言い切り、つぐみは伝票を持って立ちあがる。

「わたし、払っておきます。報酬《ほうしゅう》やとか言われたら困るんで」

スマホの録音機能を切り、鞄につっこんで立ちあがる。疲れはしたがすっきりした。

(これでもうわたしにUSBがどうこう言わへんやろ)

あの中身が決定的に比賀を追い詰める証拠ではないならば、つぐみの反撃を覚悟してまで雉野も積極的に公開しようとはしないだろう。汐見司と比賀の関係は知りたいが、それは別の方面から調べるほうがいい。

不正な方法で得た真実は、きっとゆがんでしまうから。

「比賀はきっとまた放火するぞ」

席を離れようとしたつぐみに、ひとりごとのような雉野のつぶやきが飛んできた。

「君も君のおじいさんも、その片棒を担ぐってわけだ」

薄暗い笑みを浮かべて、雉野が断言する。

顔がゆがまない雉野の断言にぞっと鳥肌を立てたつぐみは、足早に会計へと向かった。

（大丈夫、おじいちゃんやもん）

きちんと正しい結論を出してくれるはずだ。

だが先ほどの爽快感《そうかい》はもう、消え失せていた。


家に帰ると今度は事務所にケイではなく草司がいた。

驚いたつぐみは、きょろきょろあたりを見回す。

「あれ、ケイさんは？」

「入れ替わりで僕が留守番引き受けた。いつもの本屋行ってきたんやろ。問題集は見つかったんか？」

「あ、えーと。さがしたけど、問題集は見つからへんかった」

何も買ってきてないので、そう言うしかない。それで十分だと思ったのだが、草司の顔が一気に冷ややかになった。

「そうか、いつもの本屋には行ったけど、問題集は見つからへんかったんか」

「え、うん」

「知ってるか。お前がゆうてる本屋、最近つぶれたて」

へえと相づちをうっかり返しそうになって、自分の発言の矛盾《むじゅん》に気づいた。そして草司はそれを聞き逃すような相手ではない。大きな手にスマホをにぎって、大介とのＬＩＮＥのメッセージ欄を見せてくる。

「このとおり、墨田先生の孫がお前の問題集を全部見繕《みつくろ》って用意してること、新しいもの買えなんて指示は出してへんてことも確認済みや」

むしろとどめを刺してくるタイプだ。

長年の幼馴染《おさなじ》みとしての勘が、ガンガン警鐘《けいしょう》を鳴らしている。

「お前、ほんまはどこで何してた」

「え、べ、べつ、別に」

「じゃあスマホ見せろ」

さすが検察官、まず個人情報の塊《かたまり》であるそこからチェックしようとする。

「い、嫌に決まってるやろ！　プライバシーの侵害や！」

「やったら僕のと引き換えでどうや」

思わずそれならいいかも、とか思ってしまった。どうせ、雉野の件は報告しなければいけないと思っていたのだ。これは一石二鳥というやつではないだろうか。

考えている間に、草司はつぐみの鞄から顔をのぞかせているスマホを手に取り、つぐみに自分のスマホを渡した。

こうなると交換に同意したも同然だ。

どきどきしながら、自分のよりひと回り大きなスマホの画面に触れて、はっとする。

「あ、ロックかかって……草ちゃん、解除して」

「それは交渉に入ってへん」

「はあ⁉　それやったらわたし、中身が見られへんやん！　やったら、わたしかてスマホのロック解除せえへんから——ってなんでわたしの解除できてるん⁉」

「お前のパスワードは昔から僕の誕生日や。指紋認証も顔認証も意味なさすぎやろ、セキュリティ意識が低い」

なぜ知っているのだ。これだから幼馴染みになどなるものではない。かなり恥ずかしいことを暴かれた気がするが、甘さもへったくれもない正論が胸に突き刺さりすぎる。

だが草司は、悶《もだ》える暇も怒る隙《すき》も与えない。

「この雉野て、先生の訴訟相手やな。例の記事を書いたライターや」

あっという間にショートメールのやり取りを見つけて、草司が目を眇《すが》める。

「USBてなんや、脅しの材料か。……まさか僕に関わることか」

「あっファックスがきてるーなんやろー」

草司の口調に怒りを感じたつぐみは、さっと棒読みで逃げた。草司のことだ。隅《すみ》から隅まで状況を把握《はあく》してから、雷を落とすだろう。その間になんとかせねば。せめてスマホを手に入れたのだから、パスワードを解除するとか。

（わたしの誕生日とかないかな⁉　あ、違った。さすが草ちゃん……）

現実は無情だ。

考えながら、ファックスも手に取る。受任通知とあったので、現実逃避もあって意識がそちらへ向く。

だがそれは結論から言えば正解だった。

「草ちゃん、雉野さんに弁護士がついた！　しかも向かいの、あの」

つぐみのひとことに、スマホとにらめっこしていた草司が顔をあげる。

「向かいて、新しくできたっちゅうあれか。こないだの葛葉《くずは》さんの受任してた」

「そう、あの英語の事務所の、えっと愛場《あいば》弁護士！」

「なんや最近、ことごとくそことぶつかるな」

受任通知を受け取った草司が、つぐみのスマホを事務机の上に置く。気づかれないようにそうっと回収した。

「おじいちゃんがまた怒鳴るかもしれんな、日本語しゃべれって」

「それですんだらええけどな。――で、さっきのスマホのメッセージはなんや」

このまま逃げるのは不可能らしい。

だがどうにかあがこうとしたところで、今度は玄関が開いた。

「おいつぐみ、おるんか！　墨田に聞いたで、お前、相手方と話してたてほんまか⁉　何やってるんや！」

これはもうだめだ、逃げられないしごまかせない。

観念したつぐみは、洗いざらいしゃべる。

草司と正義、検察官と弁護士による容赦《ようしゃ》のない取り調べと説教は、その日の深夜まで続いた。


草司は面倒見がいい。でもまさか高校生になってまで、付き添いみたいなことをされるとは思わなかった。

「謝れ」

比賀と雉野の第二回期日、法廷前。

平日の午前中だが、謝罪のために学校を休んだつぐみは、同じく午前だけ半休をとってきた草司にうながされ、裁判所前で待ち合わせた比賀に向けて、頭をさげる。

「すみませんでした。あの灯油を買う写真撮ったの、わたしです」

「吾妻先生から説明されてると思いますけど。なんや、僕のことでいいように使われたみたいで。僕からもお詫《わ》びします、申し訳ないです」

一緒に草司まで頭をさげると、つぐみのいたたまれなさが倍増する。

何より、味方だったはずの弁護士の身内が裏切るような真似をしていたのだと、比賀を前にすると今更ながら罪悪感がこみあげてきた。

だが、比賀はあっけらかんとしていた。

「あーいいよ、別に。慣れてっからこういうの。顔あげて」

うながされて、草司と互いに視線をかわしつつ、体を起こす。草司が顔をしかめながら、比賀に尋ねた。

「慣れてるというのは……」

「こういう、うしろから撃たれるみたいな？　しょっちゅうだから」

「あ、あの！　言い訳にしか聞こえないと思いますけど、わたしは別に比賀さんを悪いひとやて疑ったとか、そういうんじゃなくて……いえ、正直に言うならちょっとだけ疑いはしましたけど！　でも主眼は違って」

「はは、正直だな。いいよ、わかってるわかってる、雉野がなんかやったんだろ？　あいつまじうぜーよな、なんで自分が燃やされないとか思ってんだか」

冷たく笑う比賀に、頬が引きつった。

（冗談やて笑うところ……やんな？）

確かめるようにうかがうと、比賀がにこっとえくぼを見せて笑った。

「むしろ、ちゃんと謝りにくるのにびっくりしたくらいだから。ほんと、怒ってないから安心していいっすよ」

「あ、ありがとう、ございます……」

「で、オレ、今日はなんで呼び出されたんすかね？　裁判って、基本弁護士にまかせとけばいいーって聞いたけど」

「相手方に弁護士がついたんです。その顔を見ておいたほうがいいんじゃないかと、吾妻先生は仰《おっしゃ》ってました」

比賀の疑問に草司が当然のように答えた。つぐみの知らない間に、草司のほうが訴訟の進行を把握している。

「あーそっか。今度はそいつがオレの周りうろちょろするかもしれないから、顔覚えとけってことか。吾妻先生、頭いいなー。わかった、えっと、どこいきゃいい？」

「あ、案内します！」

それくらいは役に立とうと手を挙げて、裁判所の中へと入る。

法廷まで迷わずまっすぐ案内すると「原告席とか面倒」という比賀と一緒に、傍聴席へと座る。と、うしろから声をかけられた。

「やあ草司、つぐみ君」

「芦辺……お前も大概、暇やな」

草司は呆《あき》れているが、つぐみは少しだけ恨みがましい目線を向けてしまう。雉野と喫茶店で対峙《たいじ》していたときの着信のタイミングからいっても、草司に何やら告げ口をしたのは間違いなくケイだ。

だがそんなつぐみの視線にも、ケイはふてぶてしく笑い返すだけだ。

「勉強させてもらっているんだよ。そちらの方が比賀さんかな？　初めまして。私は吾妻先生の弟子だ！」

「へえ。ども、お世話になってるっす」

あっさり信じている比賀の様子に、つぐみは慌てた。

「違います、この人ただのおじいちゃんのストーカーですから！」

「そうなんっすか？」

「まあ細かいことはいいじゃないか。それより気にならないかい？　人が多い」

「記者がきてるみたいやな」

　裁判というのは公開が原則なので、傍聴席に見知らぬ人が座っているのはおかしなことではない。大体がただの暇つぶしだったり学生の見学だったりするのだが、草司の言うとおり、ぽつぽつと席を埋めている人の大半がメモ用紙と書くものを持っていて、記者の取材らしき気配がうかがえた。

（やっぱり比賀さんのことが大きいんかな）

　だが席は埋まらない程度だ。気にしすぎはよくないと、始まった法廷に目を向ける。

　原告席には着物姿の正義。そして被告席に現れたのは、よれたスーツ姿の雉野とぴしっときまったスーツ姿の愛場だった。

「あれが噂《うわさ》の鬼頭裁判官か」

「そう。君は初めてなんだっけ、見るの」

　草司はうしろのケイに相づちを返す。

　とはいえ、特に目立った容姿をしている人物ではない。これといって特徴がなく、印象が薄いのだ。

　ただ、聞きやすく心地いい声が、法廷に穏やかに響く。

「では、開廷します」

「……え、あのひとが裁判官？　裁判官って、判決出すひとだろ？」

比賀も珍しいものでも見るかのように、まじまじ鬼頭裁判官を見ているので、つぐみは頷き返した。

「はい。あのひとが鬼頭裁判官。今回の裁判の指揮をしてるひとです」

「……ふぅん……」

「鬼頭裁判官！　まず最初に私からエスカレーションを」

颯爽《さっそう》と立ちあがった愛場が、許可が出る前に周囲を見回してしゃべり始めた。

「お集まりの傍聴人の皆様、弁護士の愛場と申します。愛場光里《ひかり》。濁点《だくてん》をとるとアイハヒカリ。どうぞよろしくお願いいたします」

「愛場弁護士」

眉をひそめた鬼頭が何か言いかけるが、愛場は頓着《とんちゃく》しない。法廷でもカタカナ用語多めで話を進めるのは変わらないらしい。見事なブレのなさだ。

「さて、本日のアジェンダはかつて世間を騒がせた放火魔比賀仁星さんを告発するニュースを書いたライター・雉野雷太さんが、訴えられたもの。比賀さんは事実無根、ニュースは自身への名誉毀損でありプライバシーの侵害だと主張しておられる。だがしかし、私は問いたい。ひとってそんなに簡単にパラダイムシフトできるものでしょうか？」

鬼頭は眉根をよせているが、愛場の語りかけには、聞き入ってしまうものがある。

「もちろん人はイノベーションする生き物です。そうやって進歩してきた。ですが過去の栄光にすがるあまり、ブレイクスルーできない者だっている。まず頭の固い両親から始まり、既得権益にしがみつく老害、はびこるエスタブリッシュメント」

ちらっと愛場が正義に視線を流したが、正義は終わるまで待つつもりなのか、原告席であくびをしている。相手にされなかった愛場の眉がぴくぴくとひくついていた。だが語りは止まらない。

「硬直した価値観、変わらない政治。皆さんの周りにだってあるでしょう。これはそれを問う、オルタナティブな裁判となるでしょう」

「意味はよくわかりませんがおそらく違います。被告が書いた記事が原告の名誉やプライバシーを侵害していないか、していたとしたらその損害額を決める裁判です」

「傍聴人へのハンガートークですよ」

「ここは法廷です。被告代理人はわかりやすい言葉を使うように。では始めます、まずは次回提出予定とあった証拠品について」

愛場に注意しても無駄だと早々に悟ったらしい鬼頭裁判官が、見事に裁判の主導権を取り戻した。

だが、それを待っていましたとばかりに愛場が振り向く。

「そう、それです裁判官。前回、裁判に不慣れな被告が不適切なエビデンス——証拠を提示してしまったようです」

「弁護士がいなかったからというのは、訴訟進行にあたりなんの弁明にもなりません」

「ですが私としてはお詫びをしたい、吾妻弁護士に」

ほとんど半分眠りかけていた祖父が、目を開いた。

「なんやて？　請求許諾でもしてくれるんか」

「あなたのお孫さんが撮ってくださった写真のことですよ」

思いがけない話の展開に、つぐみは両眼を見開いた。

「こちら、前回の裁判で提出した、原告が灯油を購入している写真です。撮影協力者となっていた部分を補足します。吾妻つぐみ、原告代理人吾妻弁護士のお孫さんだ」

ざわりと傍聴席まで騒ぎが広がった。思わず腰を浮かしかけたつぐみだが、横から腕を伸ばしてきた草司に体を押さえこまれる。

「お孫さん、やはり放火魔と聞いて怖かったんでしょうか？　怒らないで差しあげてくださいね。だが、原告代理人の孫娘がこちらにこんな証拠を提供した——これは証言台に立ってぜひエクスキューズ、話を聞きたい案件だ。そうですね？」

「……主張にもよりますが、基本的にはそうなるでしょう」

鬼頭裁判官が冷ややかにうなずく。知らないところで決められる自分の話に、つぐみは青くなってきた。

怖いと思った。自分のしたことが正しいとは思わないからなおさら、何に使われるのかわからなくて怖い。雉野の脅迫についても証言することになるのに、どうして愛場も雉野も平然としていられるのか、不気味で怖い。草司の腕を握り返す。

草司が小さな、低い声で言った。

「大丈夫や」

「でも、草ちゃん」

「吾妻先生の弁護士としての資質、事務所のガバナンスも問われるところだ」

獲物を見つけた狩人のような目で、愛場が笑う。

「ネゴシエーションなら受けつけますよ」

「なんや、それは。和解してくれたら、そのへん見逃して孫を証言台に立たせんですむぞっちゅう意味か？　アホらし。あのな、はっきりゆうとくぞ」

ゆっくりと正義が立ちあがる。

「孫のやったことは孫のやったことや！　儂が知るか！　一切関係ない！」

しん、と法廷が静まりかえった。

「なんか言いたいことあるなら、うちの馬鹿《ばか》息子にでも電話せえ。あとで電話番号教えたるわ。親権者はあっちやからな。確かに吾妻つぐみは儂の孫娘や、けどなあ！　儂にはまったく！　なんの！　責任も！　ない!!」

ふんと正義が両腕を組んで胸をはる。

「……法律論的にはそうかもしれませんが……」

呆れた鬼頭裁判官の声がいたたまれず、つぐみは両手で顔を覆《おお》う。

（わたしは文句言えた立場やないけど……！）

同情したのか、草司の手がぽんぽんとつぐみの膝の上を軽く叩いた。

「っちゅうわけで、孫を証言台に立たせるなら好きにせえ。なんで孫がそんなことしたかっちゅう証拠も出せるしな。それでええな」

黙ってしまった愛場は、雉野がつぐみを脅したことを知っているのだろう。雉野もちらちらと周囲と愛場をせわしなくうかがっている。

ぱん、と愛場が両手を鳴らした。

「失礼。ハンガートーク、脱線しすぎました。では本題に入りましょう。本日はこのUSBを新たな証拠として提出します。被告はやはり火をつける衝動が抑えきれないんでしょうか。その衝動が現れている動画、短いですが、原告が放火しようとするその瞬間をとらえた動画になります」

　ざわっと再びざわめきが傍聴席まで波のように伝わる。

　愛場がもったいぶってＵＳＢを書記官に渡し、そのまま正義の正面に立つ。

「あの記事は決して名誉毀損ではない。プライバシーの侵害でもない。比賀仁星は危険な放火魔で、被告はそれを公益のため周知しようと尽力しただけ――それを、おわかりいただけると思いますよ」

　愛場は正義の手にも、ＵＳＢを渡して笑う。

「反論、お待ちしておりますね」

「おお、待っとれや」

　新しい証拠に基づいた反論と主張をまとめること、それを次回の予定としてその期日は終了した。


　日が暮れたガレージの中、灯油をつけた新聞紙で火をつける――画像の粗さと薄暗さで見づらく、音も雑音が多くてほとんど会話もないその動画を見て、比賀はあっけらかんと言った。

「あ、これ、こないだ火ってどうやったらうまくつくんだって知らない奴にきかれて、実演したやつじゃねーかな」

「知らない奴にきかれただけで火のつけ方を実演すんな、アホか！」

事務所に正義の怒鳴り声が響く。お茶を用意していたつぐみも、呆れるより先に乾いた笑いを浮かべるしかなかった。

動画から目を離して、ケイが比賀に尋ねる。

「それっていつの話かな？」

「先週……か、そのちょい前だったかな？」

「また接近禁止の命令が出たあとやな。つぐみ」

「わ、わたしちゃうで！」

ぶんぶん首を横に振ると、草司は口元に手を当てて考えこみ始めた。

期日が終わったあと、草司とケイまで事務所にやってきたうえ、留守番していた大介も動画におかしなところがないか見るためにその場に加わっており、相談室は少しぎゅうぎゅう気味だ。

正義、比賀、草司、ケイ、大介、そして自分の六人分のお茶を置いて、真ん中には茶請けの阿闍梨餅《あじゃりもち》を置く。妙なところで律儀なケイの差し入れである。阿闍梨餅の保存期間は五日ほどあるが、生地が固くなっていくので、早く食べるのがいちばんおいしい。

一応弁護士と依頼者から席をあけて座ると、ちょうど真向かいの席になった大介が顔をあげた。

「コマ送りで動画見てますけど、元々画面が暗いんで、あんまよくわかんないですね。編集されてるかどうかも判断つきません。そもそも数秒の動画だし……専門家に見せたらまた違うかもしれないですけど、鑑定出します？」

ノートパソコンとにらめっこしている大介の質問に、正義が首を横に振った。

「実際こいつが火をつけてる現場には違いないからな。解釈の問題や。おい、この実演してくれゆうた奴について名前とか情報ないんか。これは放火しようとしてる場面やないて、そのあたりの事情を書面にするかなんかせんとあかん」

「あー全然。覚えてないっす。正直今の今まで忘れてたくらいなんで。お前比賀だろ、って最初に言われたから向こうはオレのこと知ってるってくらいかなぁ」

まったく緊張感のない比賀の回答に、ケイが渋い顔になる。

「先生、逆にこの動画を撮った相手をさがしても、不利になるだけなのでは？」

「そうみたいやな……」

両腕を組んで正義も渋い顔をする。弁護士と依頼者の構図を一応でも保つために、席をあけて座っている草司に、つぐみはこっそり話しかけた。

「どういうこと？」

「雉野かあの愛場ゆう弁護士かどっちかはともかく、比賀に話しかけたところから、あいつらの差し金かもしれんってことや」

そこまでするものだろうか。だが、とにかく比賀の犯行の現場を押さえようとする雉野の執念を思うと、ありえないと言い切れない。

「君も、見知らぬ人間の言うことをほいほい聞くものじゃないよ」

まるで比賀の弁護士のような顔をして、正義の隣でケイが言い聞かせる。比賀は肩をすくめた。

「って言われても、こんなんしょっちゅうだし。オレのネタ、雉野が買い取ってるらしくて、売れるらしいんだよね。昔は雑誌とか新聞にもよく売られたし」

「……今は写真も動画も、スマホがあれば子どもでも簡単に撮れる時代だからね。今日もちらほら記者がきてたし……写真を撮られるな、というほうが難しいか。さて、どうしたものか。あっちにはもう弁護士がついたし、綺麗にストーリーが作られてしまう」

ケイの懸念はわかりやすい。灯油を購入し、火をつけたい衝動を抑えきれずぼやを繰り返し、そしてついに放火まがいの遊びをしている。そんな筋書きがつぐみにも浮かんだ。

大介がパソコンをいじる手を止めて、顔をしかめる。

「でも、これって元々雉野の記事が正しいかどうか、そういう話ですよね？　ぶっちゃけ今放火したって、裁判とはまた別の話のはずだ」

「うん、そのとおりだよ。君がそこを切り分けて考えられるのは、法曹《ほうそう》ならではの思考能力を持ってるからだね。だが、たとえば明日、比賀さんが放火をして逮捕されたら、雉野の主張には正当性があると判断されかねない。少なくとも世論はそう動くだろう」

「裁判所は世論に弱いところあるもんな……」

　頭をかいて大介は黙る。ケイが両腕を組んだ。

「怖いのはこのやり方がエスカレートすることかな。煙草に火をつけたところも放火の証拠だとか言われかねない。それに対して反論していくとしても、こうなると裁判官への印象論になってしまう。どうしましょう、先生？」

「……草司。お前に相談があるんやけどな」

　突然に正義がふってきた。草司は嫌そうな顔をして、答える。

「……先生の思うようにやったらどうですか。僕には関係ないんで」

「お前の大事な許婚のことや」

「は⁉」

反射でつぐみは大声をあげたあと、真っ赤になる。だが、正義はじりじりと草司に身を近づける。

「責任とらなあかんと思わんか」

「思いません。少しも思いません」

「お前のせいであぶない橋わたったんやでえ、こいつ。今日の法廷見てたやろ、儂にまで被害きたわ。それをなんとも思わんのか。このひとでなし」

「孫娘のやったことに一切責任とらへんて言い切った先生に言われたくないです」

「やったらお前は責任とるってことやな」

言質をとられた草司がますます眉間にしわをよせた。

「何せえゆうんですか。つぐみを脅迫した件で雉野を引っ張れゆうなら、無茶ですよ」

「検事の仕事せえなんて言わんわ」

「ふーん。検事なんだ、あんた。謝ったりついてきてくれたり、誰だろってずっと思ってたけど」

まったく今の今までそれを口にしなかった比賀は、やはりどこか感覚が常人とずれている気がする。だがまばたいた草司はそれを指摘せず、居住まいをただした。

「自己紹介が遅れました。僕は汐見草司といいます」

思わず比賀の反応をつぐみは凝視する。だが、比賀は目を丸くしただけで、すぐに興味をなくしたように正義を見た。

「すみません、話さえぎって。えっと、それでなんだっけ？」

「そもそも、こんなにうまいこと写真撮れるっちゅうのは不自然や。つぐみかて、行けて指定されたガソリンスタンドに、こいつが灯油買いに現れたんやろ」

「それはなんでかオレ、説明したじゃないっすか」

「あ、あの。よかったらどうしてか教えてもらえませんか。わたし、聞いてないので」

おそるおそる質問すると、比賀はいらだつでもなく答えを返してくれた。

「ストーブ、夜はまだ使うことあるから、カノジョに念のためって言われたんっすよ。残ったらまた年末使えばいいからって」

その顔がゆがまない。嘘ではないことにほっとした。

「確かに、まだ夜は寒いことありますもんね。……って、それやったら不自然な点なんてないやん？」

「理由やない。タイミングができすぎなんや。なあ、わかるやろ草司。検事は溢《あふ》れんばかりの証拠でのストーリー作りが得意やもんな？」

あくまで目を離さない正義に、草司が顔をそむけつつ諦《あきら》めたように頷いた。

「……まあ、そう、ですね」

「つぐみの撮った写真も、このまんまにしとくのはもったいないと思わんか?」

にたりと笑った正義に、草司がため息をつく。ケイは笑いを噛み殺していて、大介はしかめっ面《つら》をしながらも何も問わない。

わかっていないのはきょとんとしている比賀とつぐみだけのようだ。それがいいことなのか悪いことなのかわからず、つぐみは頰を引きつらせた。

検察官は弁護士よりはるかに証拠が集まる。

そのせいで、たまにミステリーのように証拠同士が矛盾を起こすことがある。たとえば凶器の包丁を振り下ろして殺したとする。被害者の傷口の形ともそれで一致する。なのに、凶器と思われる包丁に指紋がついていない、などである。些細なことだが、有罪率九十九%の世界ではその些細なことが致命傷になる。最悪なのが容疑者の記憶が矛盾するほうの証拠と一致しているときだ。素手で包丁を持っていたなどと供述されると、包丁に指紋がついてないのがおかしいことになり、凶器についての話の筋が悪いことになる。

そういうとき、興奮していたせいで覚えていないがタオルを柄《え》にまいていたとか、さりげなく証拠と供述をすり合わせてストーリーを作る。

証拠というのは点だ。だから点と点を結び合わせて、裁判官が納得のいく説明をするのが検察の仕事である、と豪語する人物もいる。草司も否定はできない。

そして正義が得意だろうと言って草司にやらせたのは、その逆だ。

（まあなんていうか、相手も大概やからな）

雉野が雇っているのか、それとも野次馬の正義感か、とにかく雉野のもとには比賀について疑わしい証拠が集まるようになっている。愛場は検事のように、それをうまくストーリーに組み立ててくるだろう。

正義の策はそれに対する反撃としては有効だが、細かい指示を草司に投げっぱなしというのはどういうことか。

ついでに資料漁《あさ》りを頼むとは——と考えて、ふと草司はきびすを返した。

（いるじゃないか、使えるヤツが）

昼食時を少しすぎた時間だ。今なら人が少ない食堂にいるかもしれない。本人がいちばん騒がしいのに、人混みや雑音が多い場所を嫌うのだ。同族嫌悪だろうか。

ありがたいことに、草司の読みは当たった。

「白鷹《しらたか》」

「なんだ、汐見。俺は見てのとおり、食事中だよ。邪魔をしないでくれないか」

「頼みがあるんだが」

優雅なことに首元にナプキンをかけて日替わり定食を食べていた白鷹は、箸《はし》を止めてこちらを見た。その真向かいの席を陣取って、テーブルに身を乗り出す。

「比賀仁星の件だ」

「お前……」

「民事で争ってる弁護士が、比賀が放火する現場をつかまえようとしてるらしくてな」

何か言いたげにした白鷹が、口を閉ざした。

もし弁護士がそんな現場をとらえ、警察や検察が動いていないと世間に知られたら、またバッシングの嵐だ。言葉にしなくてもそれくらいの共通認識は持っている。

「お前がくれた雑誌の記事、起訴されてない放火もあるって煽《あお》ってるだろう。念のため、当時の公判資料を見ておこうと思うんだが、ほかに仕事もある。お前も手伝ってくれないか？」

「そう言って叔母——汐見明子一家放火事件の証拠でも握りつぶすつもりじゃあるまいな」

「比賀仁星は汐見明子一家放火事件の犯人じゃない」

じっと見つめてくる白鷹に、草司は薄く笑う。

「疑いようのないアリバイがあるんや。僕が放火犯だと疑われたあとに、世間を騒がせた放火魔やろ。名前は覚えてたし、検察に入ってすぐ取り調べの記録を見た」

「……今日はずいぶん正直に話すんだな」

「手伝ってほしいからな」

「ふん、いいだろう。何かとあやしげなお前を見張るにはちょうどいい機会だ」

焼き魚の身を綺麗な箸使いで口に運び、すまし顔で白鷹が答える。

（こいつポンコツやけど、ポンコツでも優秀やからな）

しかも父親は検事長になると言われている人物だ。記録では出てこないことも知っていることが多く、父親の縁から上とのつながりもある。

やたら敵視されるのも見張られるのも面倒だが、その面倒さを引き換えにするだけの価値はある。

「いくらでも見張ったらいい。僕が放火犯じゃないことは、自分がよく知ってる。それに僕は、比賀となんの関係もないしな」

「……お前、本気で言っているのか？」

よほど自分が間抜けな顔をしていたのだろう。眉をよせた白鷹が、嘆息する。

「どうりで、うかつだと思った」

「……なんの話だ」

「知らないなら教えてやる。この俺が！　教えてやる！」

がたんと音を立てて、胸に手を当てて白鷹が立ちあがった。騒ぐな、目立つ——と思ったが、さいわいにも人が少なすぎて、こちらを見る目はほとんどなかった。

「比賀仁星は中学生のときにも小火《ぼや》を起こした件で補導されて、保護観察処分になっているんだ」

「ああ……万引きや放火は、クセになるからな。記事にもあった」

「何を他人事《ひとごと》のように。そのときの担当検察官は汐見司だ」

突如として現れた父親の名前に、言葉を失った。

「だから当時、検察は比賀が汐見明子の家を燃やした犯人じゃないかと調べたんだ。逆恨みの線を考えてな。比賀が放火魔だから場当たりで未解決の放火事件を調べようとしたわけじゃない。検察はそんなに暇でもなければ無能でもない」

「……」

「検察が汐見明子一家放火事件の犯人を比賀ではないと判断したなら、それは信頼できる情報だ。お前か比賀。それがいちばん楽にあの事件を片づける方法だったのに、それができなかったということだからな」

「楽に、ゆうんは……」

「逃亡したお前の父親が出てくるよりは、ましだろう。検察はお前を疑いながら、その線も疑ったはずだ」

　うまい返事を思いつけずに、草司はゆっくり息だけを吸い、吐く。

「だから俺はあぶなっかしいことはするなと警告してやったんだ。まあ、俺が見張っていればいいことだが」

「白鷹」

「俺がいるときに調べたほうが身のためだ、と再度警告しておいてやる。アリバイのある比賀を犯人にしようとしていると、疑われるぞ」

「ありがとう」

　綺麗に食べ終えた盆を持って立ち去ろうとした白鷹が、びっくりした顔をしたあと、ふんと鼻を鳴らして得意げにきびすを返した。

　ひとり、席に残った草司は、額に手を当てて長い息を吐き出す。

（雉野の脅しはまったくのホラやったわけでもないってことか……）

　虐待されていた甥《おい》が、叔母の家に火をつけた。保護観察処分に追いこんだ担当検察官を逆恨みした放火魔の少年が、その親族に牙を剥《む》いた。

　どちらもわかりやすいストーリーだ。だが検察はどちらも選べなかった。草司にも比賀にも突き崩せない、明確なアリバイがあったからだ。

（……あの放火の犯人は、やっぱりあんたなんか？　父さん）

父親だと名乗り、自分を呼び出した電話の声は。

ああ——でも、子どもの頃に聞いただけの父親の声はもう遠すぎて、どんなふうに息子の名前を呼んでいたのかも、思い出せない。


通算で第三回目にあたる期日。まだ証人尋問でもないというのに、制服姿で飛びこんだ傍聴席はすでに半分ほど埋まっていた。

「えっなんなんこれ」

確か草司もケイもきているはずだと見回そうとして、ぽんと肩を軽く叩かれた。

「お久しぶり、つぐみちゃん——よね？」

「あっゆりちゃんのお母さん⁉」

山根結衣《やまねゆい》——いや今は離婚したのだから、姓が変わっているかもしれない。

かつてゆりの改名をはばむ敵側であったわけだが、一緒に河原でみたらし団子を食べた仲でもある。わだかまりよりも懐かしさがあった。

「お久しぶりです。でも、なんでこの法廷に……」

「比賀仁星の裁判ってことでね。今、関西の仕事を抱えてるのもあって、ついでに見てこいって編集長に言われちゃったの。ネットでちらほら話題になり始めてるから」

「えっそうなんですか?」

「雉野ってあのライターが煽ってるのよ。警察がつかまえられなかった放火魔の悪事を暴くってね。そういうの好きな連中、ネットには多いでしょう」

そんな人ばかりではないと思うが、ネットには日々、あちこちでニュースが泡のように弾けては消えていく。これもそのひとつだろう。

それにライターの雉野はもちろん、愛場もこういう舞台装置が好きそうだ。

「後《おく》れをとるなってやつよ。ニュースってそういうところがあるから」

「じゃあこの法廷のこととか、記事にしはるんですか」

「どうかしら。まだネタさがし程度の段階だからね。真面目に裁判やってる人には申し訳ないけど、面白くなりそうかどうかによると思うわ」

「そうなんですか……」

「仕事だからまあ、許して。ゆりには怒られない程度にするから」

ちょっと眉をさげて、結衣はあいている席をさがしに行ってしまった。

さて自分はと見渡すと、ひらひら振っている手が見える。大介だ。隣の席があいているので、ありがたく座らせてもらった。

「大介さん、なんでここ？　今日はバイト休みやろ」

「じいちゃんに見てこい言われてな。どうせ択一の合否待ちでちょっと落ち着かんし、俺も気になるし。どんなふうになるんかと思うと……ハメ技やろ完璧に……」

少々大介は複雑そうだ。だんだん正義につきあってねじ曲がり始めているが、根がまっすぐなのは変わらないのだろう。

「短答試験、どうやった」

「聞くなて、そういうこと」

「ごめん。でも合格したら、さすがに論文試験までバイトは休むんやろ？」

「さすがになー……追いこまなあかんから。ってあんたも受験生やろ、ちゃんと俺が出した宿題、勉強してるんかいな」

じろりとにらまれたのでそっと目線を横に流すと、呆れられた。

「これやからエスカレーター式の受験生は……志望大学落ちて泣くのはあんたやから、えけどな」

「夏から！　夏から頑張ろうかと思って！」

「今から頑張れんやつは夏になっても頑張れんわ」

「そういえば草ちゃんとケイさんはどこやろな!?　あと比賀さんも」

あからさまな話題そらしだが、大介は応じてくれた。

「傍聴人多いし、比賀さんは念のためで今日は原告席。芦辺さんはさっきまでそこにいたんやけど、汐見さんから着信あったとかで、外」

「草ちゃん、仕事でこれへんのかも――あ」

ちらと出入り口に目をやると、ケイとふたりして草司が入ってきた。だがばらばらと席が埋まっているせいか、ふたりは大介とつぐみの斜め前、最前列に座る。

「なんかあったたん、草ちゃ――」

法廷の奥の扉があいて、書記官が入ってくる。原告席には正義と比賀が、被告席には愛場と雉野が座り、向かい合ったあとで、鬼頭裁判官が入ってきた。もう雑談はできない。

ぐるりと法廷内を見回して、鬼頭がつぶやく。

「……傍聴人が今日は多いですね」

「ええ。これは社会正義に基づく裁判ですからね。雉野さんを応援したいと、記者の方々が集まってくださいました」

得意げな愛場にちらと目線を向けたあと、鬼頭はいつもの調子を崩さず話を始めた。

「では始めましょう。前回に引き続き、被告側から証拠が提出されています。原告代理人、確認はしましたね」

「ああ」

「それでは傍聴人に伝わらない。私から説明させていただきましょう。前回にくわえて追加して提出したこの写真。匿名《とくめい》の方から、雉野記者宛《あて》に送られてきました。まさに比賀仁星が今もなお、危険な放火魔であるという、決定的な証拠だと私は主張します」

愛場が右手をあげると、傍聴席の端から、資料が回ってくる。どうも愛場の事務所の事務員が、わざわざ配っているらしい。

（わたしはうちに届けられたやつ、見たけど……ほんま、解釈次第やな）

Ａ４の紙に上下でプリントアウトされたフルカラーの写真は、ストーリー仕立てに並んでいる。

昼間に撮られているので、この間より鮮明な写真だ。人気《ひとけ》のない、人家の間にある小さな空き地。枯れ葉を含めた何やらを集めたゴミに、ペットボトルから何か――おそらく灯油を撒《ま》く姿。新聞を使って火をつける姿。燃え上がる火。そして誰かが現れたとたん、その場から逃げ去る姿だ。

近くには木造の人家もある。放火を思わせるには十分だ。

「こちらは、雉野記者宛に送られてきた写真です。わかりやすいようピックアップしました」

傍聴席がざわざわとゆらいでいる。

大介が何かを悟ったように、ため息を吐いた。つぐみもプリントアウトされたものを、握りしめる。

「原告の危険性を訴える雉野さんの記事は正当なもの。名誉毀損でもプライバシー侵害でもない！　そのように我々は主張」

「あー裁判官、ええか。この証拠については、うちにもあるんや。写真やなくて、動画がな」

張り切って声をあげる愛場をさえぎり、のんびりと正義が立ちあがる。その手に持っているのは、大きめのタブレットだ。

「どれやったかな。こいつか。あとでこの動画が入ったもん提出するけど――あれ？　どれや」

「これっすよ、先生。ここ押したらスタート」

「おう。ああそうや。ようつべゆうのにも今朝、あっぷされたらしいで。放火魔の焼き芋《いも》て検索かけたら出てくるようにしたて」

「は？」

間抜けな声を返した愛場のうしろで、雉野が慌ててスマホを取り出す姿が見えた。

傍聴席でも、皆が急いでスマホやらタブレットを取り出していた。裁判中の撮影・録音はどの法廷でも許されないが、抽選でもないこの程度の規模の裁判ならば荷物検査もないので、皆、当然に持ち込んでいる。

「静かに、音を出さないように。——原告代理人、そのタブレットをこちらに貸してください。モニターに映します。音声も流しましょう。ですから、静かに」

検索がかかったところで、音声を出せなければ流れる画像を見るだけになる。幾人かはそれでモニターを注視したが、一部の傍聴人はイヤホンをつけて聞き始めていた。

だがすぐにモニターも準備が整う。

最初に映し出されたのは、銀色のアルミホイルと安納芋《あんのういも》を持った比賀だった。

『あー、ども。今から、屋外で焼き芋を焼きます。このへんで落ちてるもので焚《た》き火して焼き芋できるか、がコンセプト？　まず芋をアルミホイルで包んで、リュックに入れて。ちょっと移動します。空き地っす、昔、うちの駐車場だったらしいんだけど、今は使ってないんで大丈夫です。あ、これは自撮りな』

移動場面が早送りで進む。空き地にたどり着いた比賀は、アルミホイルに包まれた焼き芋を置き、空き地の枯れ葉や木の枝やらをかぶせ『意外と火って上手につけんの難しいんっすよ』と冗談か本音かよくわからないことを言いながら、広告のチラシや新聞をリュックから取り出す。

『面倒だから灯油まいとく。灯油とガソリンの燃え方の違いわかる？　まあいいか』

ぶつぶつ言いながら写真にあるように、ペットボトルから灯油を撒く。

「ま……待ってください、これは」

『じゃー火をつけまーす。お、きたきた、消火兼見張り人』

写真のとおり、誰かが現れる。消火器と、消火用の水の入ったペットボトルを大量に買い物袋に入れた大介だ。

『じゃあ、あのひとにまかせて、ちょっとオレは他に燃えるもん拾ってきまーす』

「はめたのか！」

愛場の怒鳴り声に、正義が鼻を鳴らす。

「勝手にそっちがはまったんやろうが。前回の写真みたいに、そっちに都合のいいストーリーを勝手に組み立てて、意気揚々と出してきたんやろ」

「……写真の提供者は、まさか」

「ついでにもうひとつ、動画ファイルがある。そうそれや、流してみ」

正義の操作ミスをふせぐため、あのタブレットに余計なものは一切入っていない。

すぐ見つかった動画ファイルが、モニターに流し出される。どこかのファミレスだろうか。雉野が女性に銀行の封筒を渡し、それを受け取った女性が一万円札を数えている場面だった。一分もない短い動画だ。

「被告が比賀の情報に金を払ってるところや」

「……では、違法でもなんでもない場面ですね。むしろこれは被告の肖像権、いやプライバシーの侵害――」

「この女性な。原告と結婚の約束しとる、同棲者《どうせい》や」

愛場は笑顔を引きつらせたまま、言葉をさがしている。正義は淡々とたたみかけた。

「結婚詐欺《さぎ》やないかて話を聞いたら、べらべらしゃべってくれたで。最初から雉野に雇われて比賀に近づいた、結婚するてゆうて同棲して、ずっと情報流してたてな」

今回、いちばんやり方がひどい、と思ったことだ。

なのに比賀は平然と笑った。別になんでもない、慣れてるからと。

原告席に戻った正義は、少し厚めの書類を書記官に渡し、被告席まで近づいて同じものを突き出す。

「陳述書や。動画に映ってるのは自分やゆうことも認めてる。他のことも、色々な。灯油買ってる写真を撮れるように、日時を被告と示し合わせて、原告にガソリンスタンドで灯油買ってこいゆうたって説明してくれてるわ。実際、灯油購入の写真は証拠になってる。

――こんなやり方はないやろ」

「……」

「前回の動画も同じや。第三者つこて原告に火をつけさせて、それを原告が放火してるみたいに出した。あの動画が短かったんは、下手に会話を拾われたら、放火やて言えへんようになるからやろ」

被告席の机を叩いて、正義はまごつく愛場にすごむ。

「さあ、払ってもらうで。一千万や」

「そ、そんな相場が、認められるわけがない。せいぜい半額だ！」

「出所した人間の周りうろついて、住む所も仕事も奪って、わざわざ女まで送りこんで見張らせて、事実無根の記事を書いて、こんな法廷で大騒ぎしてありもせんこと言いふらして。司法の恥さらしにもほどがある。そう思わんか、裁判官」

「……確かに、承服しかねるやり方です。そもそも記事の真実性を証明するでもなく、ひたすらに演劇めいたやり方には、正直辟易《へきえき》しています。しかし珍しいですね、吾妻弁護士。あなたが請求額を相場の二倍、一千万程度ですませようとするとは」

冷ややかな鬼頭裁判官の声は、敗訴を意味していた。しかも請求額の満額を認めるような発言だ。愛場はそれを悟ったのか、真っ青になっている。

正義はそれを笑い飛ばした。

「こいつが放火魔や、ゆうんは事実や。なら、謙虚にいこと思っただけや」

「何が――謙虚だ！　こんな、犯罪者が……あの記事は、今の司法では裁ききれない正義の」

「お前それでも弁護士か!!」

正義の一喝が法廷に響き渡った。首をすくめた愛場が、自分より背の低い正義に脅えたように一歩さがる。

「今の司法で裁ききれん？　笑わせるな。やったら、お前はなんや。今の司法システムで弁護士やっとるお前はなんの権利があって、正義やなんや振りかざしとる！」

「わ、私は、新しい……」

「欠陥がないとは言わん。でもな、今のクソ面倒な手続きも法律も、先人が必死で間違いを減らすために作った知恵や！　人は間違うし真実なんぞ暴けん、それを認めてなお理想を掲げる以上の叡智《えいち》が、お前なんぞにあるんか！　ええか、特別に教えたる。弁護士のいちばんの資質はな。金次第で、誰の味方にでもなれることや！」

激昂《げきこう》を静かにおさめて、正義は言った。

「人を殺した許されん放火魔でも、汚い手をつかって事実をねつ造する記者でもな」

ぎゅっと、つぐみは両手を拳にかえて握る。こみあげてくるものがあった。

(——おじいちゃんを、法廷に戻せてよかった)

きびすを返した正義は、からからと下駄を鳴らして立ち去ろうとする。姿勢を整えた愛場が、背筋を伸ばして声をあげた。

「なら、記事を訂正する謝罪文をつけましょう。それで五百万でいかがですか」

正義が振り向いて、笑う。

「おお、弁護士らしい交渉もできるやないか。どや、比賀」

「うーん。もうつきまとわれないなら——」

「——俺は謝らない！　謝罪文なんて書かないぞ！」

突然、被告席から立ちあがった雉野はまくし立てた。

「何が誰の味方にもなれるだ！　被害者がまず報われるべきだ、何も悪いことをしていない人間が守られるべきだ！　過《あやま》ちを犯した人間が許されるなんておかしいじゃないか！」

「被告は落ち着きなさい。比賀仁星はすでに刑期を終えています」

鬼頭裁判官の言葉にも、雉野は止まらない。

「それがなんだ！　クズはクズのままだ、変わらない！　あいつは火をつけるぞ、それこそここにいる誰かの家に火をつけるかもしれないんだ！」

雉野がぎらぎらした目で、傍聴席に振り向く。言葉よりもその目つきが恐怖として傍聴席に伝染した。

被告席から出て雉野が柵をつかむ。身を乗り出して、傍聴席の人間を指さした。

「それはあんたの家かもな。あんたの家かもしれない！」

「き、雉野さん。落ち着いて」

「どうだ、それでも俺は間違っているか⁉」

「ああ、間違っとる。保険金もろてばらばらになったあんたの家族はもとには戻らん」

正義の言葉に、愛場に背後から両腕を抱えられていた雉野が、それを振り切った。

「知ったような口を！　放火魔の弁護をするようなやつは言うことも同じか！　保険金をもらったからいいだろうなんて」

「でもあんたの親父さんが死んだのは、比賀のせいや。あんたやその家族が、そう願ったからやない。あんたが死ねばいいと思ってたからやない。あんたが殺したわけやない」

からからと下駄の音を鳴らして、正義が雉野の前に立った。

「親父さんの死を悼《いた》めんでも、お前は比賀とは違う」

ふらりとあとずさった雉野が、笑いとも泣き顔とも判別のつかない顔で、首を振る。

「……知った、ような……口を……ッまるで自分が全部知っているような顔を、して。血も涙もないとは、このことだな。……あの記事の中には、あんたの可愛い養い子が、濡れ衣を着せられた放火事件もあるんだぞ」

震えながら、雉野が自分のポケットに手をつっこみ、USBを床に投げつけた。

（あのUSB！）

つぐみを脅すために使ったものだ。まさかと青ざめた間に、雉野が唾《つば》を飛ばしながら、叫ぶ。

「あんたの養い子、汐見草司の父親は、中学生のときに補導された比賀を担当して処分を決めた検事だ！」

両眼を開いたつぐみは、雉野の顔を凝視する。ゆがまない。嘘ではない。

「それを逆恨みして、比賀はその親族の家に火をつけた！　そしてその息子に濡れ衣がかかるように仕向けた、そうだろう⁉　それとも、あんたはやっぱり真っ先に容疑者になった養い子が犯人だって言うのか！　言えるのか⁉　比賀が犯人じゃないと、言えるもんなら言ってみろ！」

比賀が犯人だと言えば、比賀の弁護士である正義が、記事の一部が真実であったと認めることになる。だが、この状況で比賀が犯人ではないと言えば、草司が犯人だと示唆《しさ》するような印象はまぬがれない。

息を止めてつぐみは祖父を見つめる。

「お前、それで儂を脅しとるつもりか」

笑った正義が、一歩前に出た。

その静かな眼差《まなざ》しに、気圧《けお》されたように雉野が黙る。

「ええか、よう聞け。比賀は——原告は」

「あのーなんか盛り上がってるっすけど、結局五百万で、謝罪文で、オレの勝ち？」

その場の空気にそぐわない呑気《のんき》な声が響いた。比賀だ。

真っ先に我に返った愛場が応じる。

「君が承諾してくれるなら、和解ということで手を打ちたい」

「ふーん。でも謝罪文とかいらないいからなー、オレ。つきまとわないでいてくれたらそれがイチバン。どう、先生」

尋ねられた正義は雉野から目をそらして、嘆息する。

「……お前な、弁護士抜きに勝手に話を進めるんやない。謝罪文なしやったら……まあ、八百万なら手を打ってやらんでもない」

「こいつの謝罪文て三百万もすんだ？」

はっと嘲笑《あざわら》ったあとで、比賀がひとり、原告席で頬杖をついた。

「先生がいいならそれでいいっすよ、オレも」

「調書に今の原告と原告代理人の発言を記録してください」

愛場はしっかり八百万ならという正義達の言質をとる。すかさず鬼頭が頷いた。

「ではおおよその和解としてはそれで、細かいことはまた後日和解契約書の案を提出する形でよろしいですか?」

裁判官がそう言えば、ほとんど和解が成立したも同然だ。

円満におさまりかけた法廷の空気にほっとしかけたそのとき、原告席から比賀が立ちあがる。

「むしろよく頑張って調べたな、とか思ってんだよなー、今」

原告席から出た比賀が、床に転がったUSBを拾いあげて、半ば放心している雉野のもとへと向かう。

そして正義を押しのけて、その前に立った。

「汐見司検事。よっく覚えてるよ。めっちゃうるさい検事だったなあ。保護観察、マジで面倒だった。身動きとれなくてさ」

見おろされる格好になった雉野が、まばたいたあとで、口端をわななかせる。

「おま……やっぱり、お前……!」

「火事で親族が死んじゃったのか、そうか。でも本人はいなかったんだよな」

無邪気に確認したあと、にこっと子どものように比賀が笑う。

「殺してやろうと思うくらい嫌いだったのに、残念だ」

ぐにゃりとその笑顔がゆがんで、つぐみは息を呑んだ。

（嘘。なんで）

今の発言は、汐見司を恨んでその親族の家に腹いせに火をつけてやった、ともとられかねない発言だ。まさか、比賀がわかっていないとも思えない。

なのに、まるで自分が犯人なのに、それを追い詰められなかったのを嘲笑うような、そんな言い方をするなんて。

「おま、お前が、やっぱり犯人なんだろう！　答えろ！　他にもまだ何か、やってるんだろう……！」

雉野の叫びが、この法廷にいる大方の人間の感想だっただろう。

比賀は肯定もしないかわりに否定もせず、ただ笑っているだけで、それ以上何も答えない。

わめく雉野を愛場が押さえる反面で、新しいネタを見つけた傍聴人の一部が慌ただしく立ちあがる。

――未解決放火事件、比賀仁星の自白。

そんな記事の見出しが、つぐみの頭の中に浮かんだ。

和解契約書案は後日弁護士同士でやり取りすることとだけ決めて、早々に鬼頭裁判官は閉廷を決めた。

裁判としては無事決着がついたと言えるだろう。

「なんか、すごかったな」

「うん……」

法廷から出たところで、言葉少なに大介とみんなを待つ。

傍聴席からは押し出されるように人が出てきた。結衣はつぐみを一瞥《いちべつ》するも、手をあげて挨拶《あいさつ》しただけで、スマホを片手に慌ただしく出て行った。他にもいかにも記者らしき風体の人達が、ちらちらと正義達が出てこないか気にしている。

きっと雉野が書いてきたような、比賀の悪質さを書き立てるだけの記事が、これから飛び交うのだろう。あれもこれも全部比賀が犯人だという、火の粉を撒き散らすだけの記事。ペンによる放火だ。

「おじいちゃんら、出てきて大丈夫かな」

「ここで記者に囲まれるとかはないやろけど。裁判所の外に出たら面倒かもしれんな」

「あ、草ちゃん……」

出てきた草司とケイにつぐみは声をあげたものの、何を言えばいいかわからず黙った。

(……比賀さんは、嘘をついてはる。草ちゃんのお父さんを殺そうとか思ってへんし、嫌ってへんかった。そう言うのは、簡単やけど……比賀さんがあの放火の犯人じゃないて証拠にもならんし……)

大介の目もある。それに、汐見司という名前が露骨に出てきた今、記者らしき人間が多いこの場所で、草司の存在を気づかれたくない。

大介も、比賀の発言を気にしているのだろう。近づいてくる草司とケイに気まずげにしている。

だが、つぐみ達の前までやってきた草司は、苦笑いを浮かべた。

「なんや、その顔」

「……やって」

「気にするな。知ってたから」

ぱっと顔をあげたつぐみに、噛みしめるように草司は言う。

「先生が比賀の資料、調べろとかゆってたやろ。その関係でな、どっかのポンコツ検事が父親との関係、教えてくれたんや」

「ここじゃなんだ、とりあえず移動しよう」

ケイにうながされ、全員で歩きだす。正面出口のほうは人が多そうなので、いつも事務所からの出入りに使う南口のほうへと向かった。

外に出ると、鮮やかな緑樹に変わりつつある桜の木が並ぶ歩道が見えた。午後五時をすぎようとしているが、周囲の陰影が濃くなっているだけでまだ明るい。

裁判所の陰になる部分で、壁を背にして草司が目線を落とす。

「雉野の言ってることはほんまや。昔、補導された比賀の処分を担当したのは、僕の父親やった」

「それを、比賀が逆恨みして……？」

大介の問いかけにつぐみは迷ったが、草司がきっぱりと答えた。

「比賀は犯人やない」

びっくりして、大介と一緒に草司を見る。答えたのはケイだった。

「比賀を逮捕した当時、担当検事が汐見司だということで、警察も検察もきちんと調べている。比賀にはアリバイがあるらしいよ。実際、検察は起訴に踏み切らなかった。それだけしっかりしたアリバイだと思ったほうがいい」

「ならあいつ、なんで、自分が犯人みたいな言い方……」

「さて、あの性格だ。考えなしだったのか、名前を覚えていたということは、なんらかの恨みがあったのは本当なのか……」

「……比賀さんは、草ちゃんのお父さんを、恨んだりしてはらへんよ」

小さく言うと、ケイと草司に注視された。比賀の嘘を見抜いたのだということはそれだけで伝わっただろう。それ以上言わずに、つぐみはうつむく。

怪訝《けげん》な顔をした大介がスニーカーの底でアスファルトをこする。

「やったらなんで――」

「ああ、ここにいたんですね、大介。それにつぐみさん、芦辺弁護士に汐見検事まで、これはまたおそろいで」

「じいちゃん」

大介が振り向く。墨田先生、と姿勢を正したケイと草司が頭を軽くさげる。つぐみもそれにならって、頭をさげた。

「なんでここにいるんだよ。まさか裁判、見てたのか」

「ええ、見てましたよ。いやあ、相変わらず正義君は啖呵《たんか》の切り方がうまい。大介、どうでしたか」

「どうって、今はそんな話してないし」

「弁護士というものを少しでも、理解できましたか」

不意をつかれたのか、ばつが悪そうに大介が顔を少しそむける。だが、視線をそらさない雄大に、観念したように息と答えを吐き出した。

「――そんなんわからんけど、今日の先生は、かっこええなと思った」

孫の答えに、雄大はこれ以上なく嬉しそうな笑みを浮かべる。

「それだけで十分、お前を正義君のところへ預けた価値がありました。司法試験など受からなくてもね」

「ちょっ受かるて俺は！　択一かて……た、たぶん、受かってるから！」

「なら、弁護士でも検察官でも裁判官でも、好きな道を進みなさい。――汐見司検事は立派な検察官でしたよ」

ぎょっとしたつぐみ達の注視を受けても、雄大はいつもの穏やかさを崩さない。

「中学生だった比賀君を、頭がいいのだからと熱心に説得して高校を受験させたのは彼です。他人の機微を理解できない子でも、大事なものを増やせば社会で生きていけるようになるからと。比賀君はね、担当弁護人だった私に検事になりたいと言いましたよ。汐見検事のようになりたい、と」

「す、墨田先生が昔、比賀さんの弁護人やったってことですか……!?」

「そうです。ああ、正義君は知らないことですよ。もうあの頃は、司君と正義君は仲違《なかたが》いしていましたからねえ。まったく、麻雀《マージャン》の勝敗ごときで何を意地になっていたのか」

西から差しこむ赤くなってきた日を背に、雄大が目を細めて草司を見た。

「比賀君は、あなたのお父さんに感謝しているはずです。だからあなたをかばったんでしょう」

「……僕自身のことは、何も知らないのに?」

「自分の気持ちに正直なんですよ。腹が立ったら火をつける。だから、自分が大事だと思ったものは、大事にする。彼が最初に火をつけたのは、自分に鉛筆を貸してくれた女の子をいじめた男の子の上履きだそうです。もちろん、許されることではないですが。——あなたはあなたの知らないところでたくさんのひとに守られている。それを忘れないようにと言いたかっただけですよ、汐見検事」

正義と比賀が裁判所から出てきた。雄大を見て比賀は一瞬大きく目を開き、それから少しだけ頭をさげる。雄大は帽子をかぶる仕草で礼をして、何も言わず、比賀の前を通りすぎていった。

雄大の言っていることが本当なのだと信じさせるに十分な、そんなすれ違いだった。

正義が両腕を組んで、雄大の背中を見送る。

「なんや、あいつきてたんか。お前らもそろいもそろって何して──」

何かを知らせるように、裁判所の中から終了の鐘《かね》が鳴った。ふうっと大袈裟《おおげさ》に肩を回して正義が歩きだす。

「まあええわ。あー終わった終わった。記者につかまる前に帰るで」

「……先生。オレ、やっぱひとりで帰るっす」

突然言い出した比賀に、全員が顔をあげた。

「お前な、今日は散々、勝手しといて」

「でも、オレがいないほうが記者につかまらずにすむだろーし。ぞろぞろ歩いてたら目立つからさ。どうせもう、帰るだけだし。じゃあ、また」

うしろにさがった比賀を追うように、草司が一歩前に出た。だがかける言葉が見つからないのか、そこで止まってしまう。

比賀はそれに気づいたようだったが、無視して裁判所の中に入ってしまった。

その肩をケイが叩く。

「彼は何もしゃべらないだろうよ。でしょう、先生」

ケイに水を向けられた正義は、じっと比賀の立ち去ったあとを見ていた。やがて嘆息して、草司に向き直る。

「草司。わかっとるやろけど——あいつは、犯人やないで」

「はい」

きっぱり答えた草司に、正義は少し目を細めたが、そうかと頷き返した。

「わかってるんならええわ」

「あいつ、これからどうするんやろ。放火魔なのは、ほんまなんやろし……」

「それでも、これでええんや」

正義は大介の懸念をきっぱり切り捨てる口調で言う。

「これから先どうするんかも、全部、あいつ次第や。雉野ゆうやつもな。それを勝手に推《お》しはかってありもせんことで裁くなんて、誰にも許されん。お前かて、墨田の孫やからて理由で弁護士になるて決めつけられたら、怒るやろが」

「それは……まあ、はい。え、それと一緒にできる話ですっけ……」

「択一落ちたら、そもそもなれんけどな!」

「うか、受かりますよ!」

たぶん、と小さな声で大介がつけたす。ケイがわざとらしくその顔を覗《のぞ》きこんだ。

「なら今からお祝いをしようか。前祝い」

「え」

顔を引きつらせた大介に、草司が嘆息する。

「今、合否待ちなんやろ。プレッシャーかけるんやない」

「そうやで！　バイトきてくれへんようになったらどうするん」

「ええやないか、前祝い。景気づけや」

振り返った正義が、にかっと笑った。

「さあ、ぱーっとやるで。報酬入るからな！」


裁判所の正面玄関から目当ての人物が出てきたのは、終了の鐘が鳴ってから一時間以上たってからだった。

日はすっかり傾き、あたりは薄暗く、ぽつぽつ電灯が灯《とも》り始めている。おかげでうるさい記者はおろか、人気《ひとけ》もない。

立ちあがった比賀に、黒い鞄を持った裁判官が足を止める。

「君は、今日の裁判の」

「やっぱ生きてたんだな。よかった」

相手は何も答えなかった。かまわず、ジーンズのポケットに両手をつっこんで、比賀は首をかしげる。

「で、なんで裁判官なんだ？　顔も、名前も変わってるし」

「……よく、気づいたね」

「声が一緒だったから。あと、しゃべり方？」

「口調は一応、変えていたつもりなんだが」

そういう答えが返ってくるということは、やはり身を隠しているのだろう。

比賀は道に敷き詰められたタイルの隙間を、つま先で蹴る。

「心配しなくていーっすよ。知り合い色々いるみてーだけど、気づいてるの、たぶんオレだけっぽいから」

「そうか。それはよかった。気づいていたとしても、知らないふりをしてくれるってことだからね。吾妻も、墨田も」

気づいているのに無視しているのだとしたら、なんだか変な話だ。

だが興味がなかったので、比賀はまっすぐ、聞きたいことだけを聞いた。

「オレ、ちょっとはあんたの助けになったかな。それだけ、確認しとこうと思ってさ。余計なお節介だったかもなって」

「ああ。ありがとう」

「そっか。ならよかった」

「でもあんな真似をしたら、本当に君が犯人にされてしまう。二度とやらないように。僕は君を裁きたくないからね」

言い聞かせる口調が、やっぱり変わらない。

頷かずに笑って、比賀は一歩さがった。

「それだけ。ま、もうオレも会いたいわけじゃねーし」

「君はこれからどうするんだ？」

「どうするもこうするも。あんただって結局、オレみたいになってるんだから、説教はごめんだね」

そうか、と相手は頷いた。

自分のことを棚に上げて説教しないのも、変わらない。

満足した比賀は、くるりときびすを返す。

少し話している間に光は消えて、真っ暗になっていた。分厚い雲に覆い隠された今夜は、月のない夜だ。

絶好の放火日和《びより》。そんな単語が思い浮かぶ。

（雉野の弁護士、あいつうざかったな。なんて名前だったっけか。えらそーにさ。ああ、でも）

言い負かした吾妻正義の姿を思い出す。

裁きたくないという先ほどの言葉も、思い浮かんだ。

気が変わった。やめておこう。自分が手を出すことは、彼らの誇りを台無しにすることだから。

軽い足取りで、比賀は電灯がぽつぽつとついた大通りを選ぶ。

できるだけ暗い裏道は選ばないように、火を灯さずにすむように、これからも自分は生きていくのだ。

集英社オレンジ文庫をお買い上げいただき、ありがとうございます。
ご意見・ご感想をお待ちしております。

● あて先
〒101-8050　東京都千代田区一ツ橋2-5-10
集英社オレンジ文庫編集部 気付
永瀬さらさ先生

法律は嘘とお金の味方です。3
京都御所南、吾妻法律事務所の法廷日誌

集英社
オレンジ文庫

2020年8月25日　第1刷発行

著　者　永瀬さらさ
発行者　北畠輝幸
発行所　株式会社集英社
〒101-8050東京都千代田区一ツ橋2-5-10
電話【編集部】03-3230-6352
【読者係】03-3230-6080
【販売部】03-3230-6393（書店専用）
印刷所　株式会社美松堂／中央精版印刷株式会社

※定価はカバーに表示してあります

ISBN 978-4-08-680337-3 C0193

集英社オレンジ文庫

仲村つばき

ベアトリス、
お前は廃墟の鍵を持つ王女

王族による共同統治の国イルバス。
兄弟の対立を回避するため
王女ベアトリスは辺境にこもっていたが
政治的決断を迫られる時が訪れて…。